别把最疼你的人——弄丢了

鹿儿 著

新世界出版社
NEW WORLD PRESS

图书在版编目（CIP）数据

别把最疼你的人弄丢了 / 鹿儿著. -- 北京：新世界出版社，2017.6
ISBN 978-7-5104-6282-5

Ⅰ．①别… Ⅱ．①鹿… Ⅲ．①故事－作品集－中国－当代 Ⅳ．①I247.81

中国版本图书馆CIP数据核字(2017)第104727号

别把最疼你的人弄丢了

作　　者：鹿　儿
责任编辑：黄　倩
责任印制：李一鸣
出版发行：新世界出版社
社　　址：北京西城区百万庄大街24号(100037)
发 行 部：(010)6899 5968　(010)6899 8705（传真）
总 编 室：(010)6899 5424　(010)6832 6679（传真）
http://www.nwp.cn
http://www.nwp.com.cn
版 权 部：+8610 6899 6306
版权部电子信箱：nwpcd@sina.com
印　　刷：北京亚通印刷有限责任公司
经　　销：新华书店
开　　本：880mm×1230mm　1/32
字　　数：261千字　印张：8.875
版　　次：2017年6月第1版　2017年6月第1次印刷
书　　号：ISBN 978-7-5104-6282-5
定　　价：36.80元

版权所有，侵权必究

凡购本社图书，如有缺页、倒页、脱页等印装错误，可随时退换。
客服电话：(010)6899 8733

目 录

【浮世若茶】

003　　　　　　　　　　梳妆镜里的父爱
006　　　　　　　　藏在食物里的亲情密码
010　　　　　　　　　　　青春的《窗外》
013　　　　　　　　　像我这样的一个女子
017　　　　　　　　港版《画皮》的人海微波
020　　　　　　　　　　只想和他说说话
025　　　　　　　　　　中国式父女关系
027　　　　　　　　　借双翅膀飞回你的天空
031　　　　　　　　　　　黄昏的天空
033　　　　　　　　　不离不弃，最动人的爱
035　　　　　　如何在人生的这张床上睡得快乐和开心
037　　　　　　　　爱尔兰咖啡VS洛神红茶
039　　　　　　　　　DICOS的下午时光
041　　　　　　　　　说好了谁都不许忘

044	吃饭是件交换灵魂的事
046	手表心情
048	第二次机会
050	爱不完美的自己
052	青苹香波拂过记忆的脸
054	完美母女关系的秘密
057	我们的泡泡糖年代
059	真正的母爱，是一场得体的退出
062	对于某个人，你是她的整个世界
064	人生就不需要什么答案
067	对不起，谁也没有时光机器
070	人的一生，好像要经历三次失恋
074	童年中的过年
077	夫妻做不成功，努力学习做成功的父母
079	音乐治愈了我所有的忧伤
084	朋友说"再见"就怕好久不见
088	爱你苍老脸上的皱纹

【光影旅行】

095	每当变幻时便知时光去

097	爱上一个差劲的男人，便功亏一篑
099	美丽不是外表，而是一种智慧
102	泰坦尼克号：带着爱如潮水般的回忆
105	女人失去男人的理由
107	相亲，很多人去碰爱情的运气
109	婚姻濒临死亡前微弱的呼吸
111	爱里最残忍的事情，不是分手
114	爱，就不要侦探你爱的人
116	只有疼的才是爱
118	完美不是爱情的必要条件
121	初恋这件小事
123	向左爱、向右爱
126	父爱，是株向日葵
128	爱情最终败给了细节
132	重来的人生更美妙
136	每个人心里都住着一个孩子
140	不哭到微笑不痛快
143	那年夏天你去了哪里
147	我们一起去离再见最远的地方吧
151	爱情也是冰雨
156	你说人生艳丽我没有异议

163	不要爱我,做我的亲人
166	因为爱上一个人,而温柔地对待彼此
169	把失恋当排毒
171	比婚姻更牢固的是爱情
174	离开是为了爱
176	女人什么时候愿意原谅自己的情敌
178	婚后,老老实实当一个小气的女人
180	嫁人和做人,女人成功的两门必修课
182	三十天,相爱的时间
187	再见了,道明寺
190	一盘已经下完的棋
193	世界不管怎样荒凉,爱过你就不怕孤单
197	那件疯狂的小事叫作爱情
200	忠诚与相爱并存的
202	女人改造男人成功的例子少之又少
205	追着幸福跑
208	爱他,就不要陪他吃苦
211	有种爱叫,爱情之下,友情之上
214	生命是缀满玫瑰的华服

【微爱时代】

219	我爱你，你必须相信
221	好婚姻需要一块糖
223	爱情的两个世界
225	一段情，两颗心，三个字
228	如果爱，就结婚
230	如何把男人折磨成好情人
232	守一颗心，别像守一只猫
234	房子，只是婚姻的条件而已
236	女人最怕的一句话
239	金钱能买来爱情？
241	爱情，原来常常有看走眼的时候
243	吻过也就算了
245	爱最重要的是战胜自己的恐惧
247	有一种刻薄，恰是因为爱
249	失恋时的降落伞
251	尊重旧情人，是高品质男人的应有表现
253	成长中缺失的，会在婚姻中寻找
256	陪伴是最长情的告白
258	做好自己，才能爱对人

261	水变凉了,杯子害怕,也许这就是失去感觉
265	爱是恐惧、陪伴和守望
269	不要对孩子做的七件事
274	食物带出思念的味道

浮世若茶

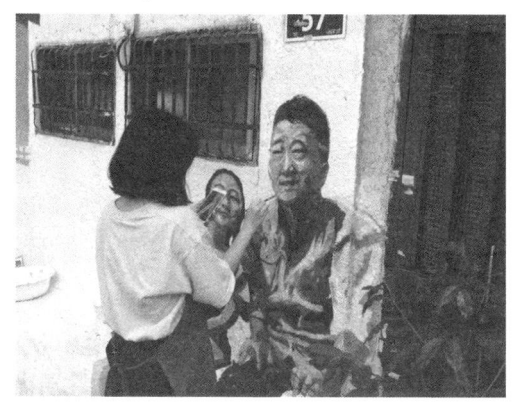

梳妆镜里的父爱

弟弟结婚时准备重新家装,母亲一直不是很情愿,为此还闹了些小小的不愉快。

后来,有一天,母亲跟我说起这事,伤感地哭了。

她说:这房子是她和父亲一点一滴布置起来的。每一样物品都有她和父亲生活过的回忆。家具已经用了几十年了,是当年小舅结婚时,外婆送给母亲的。母亲和父亲结婚时,因为家里穷,外婆只给陪嫁了一只木箱子和两床被子,外婆为此歉疚了很久。所以后来小舅结婚时,外婆送给了母亲同样一套当时最时髦的组合家具。

那年，我们一家四口从14平方米的小房子搬到父母单位按资排辈分配的，我们全家盼望了很久的两室一厅的大房子时，父母做得最快乐最忙碌的一件事，就是给那套组合家具重新刷漆，先用砂纸一点点打磨掉旧的颜色，然后用父亲画油画的颜料，和着油漆调出我最喜欢的颜色——雪青色。

新家终于有了我如愿以偿的一间闺房。那套溢满父母之爱的雪青家具，摆在我的房子里，也是散发了梦幻色彩的。

唯一令我遗憾的是缺了一个女孩儿梦寐以求的梳妆台。

我央求母亲买给我。她怪我不懂事，说家装已花了家里的大部分积蓄，我都有了属于自己的房间了，弟弟还在住阳台，而我还奢求那样很贵的物品，她不能满足我的要求。

我不敢再提这件事。一个人回到屋子里，坐在床上，抱着膝盖哭了很久。

那样爱美的年纪，梳妆镜成就了女孩对美的所有向往，还有虚荣心。同龄女孩子的闺房中都有那样一套可以让她们炫耀的梳妆台。唯独我要在她们面前流露出自卑。我的伤悲是母亲所不能理解的。

那天晚上我只吃了很少的饭，就低着头沉默地回到了自己的房间。

父亲看出了我的难过，询问母亲事由。母亲怪我不懂事，不懂得体谅家里，非要买一个没有实用价值的梳妆台。那次父亲站在了我这边，他跟母亲商量说："也不是买不起，就满足她一次吧。"母亲还是不同意。她觉得我们父女俩不会过日子，不知生活的艰辛。

我一直觉得内向的父亲不喜欢我，可他这次竟然为了满足我的虚荣心同掌握经济大权的母亲争理，让我很感动。

第二天，已是晚饭时间父亲才回来，一进门就热烈地召唤着闷头待在房间里的我。

我从房间出来，看见父亲气喘吁吁地站在那里，手里拿着刚刚扛上四楼的大梳妆镜。镜子是椭圆的，有着古老而深邃的红木色彩，雕着细小的花纹，因为喜欢觉得每一道弯曲都是风情！窄长的台面下面有两个小小的抽屉，足以藏下女孩儿的那些臭美梦想！

那是父亲带给我的最为珍贵、最为感动的回忆。

父亲对孩子的爱，永远是藏着掖着的，他不会直白地告诉你他有多在乎你，多珍视你，但是他是见不得孩子受委屈的，只要有一分可以满足你的心，他也会尽十分的力。就像我第一次爱的人，他的坏他的好就像刺青已在心里留下永久的记号。母亲却要我在亲情和爱情之间拔河，最后我松掉了紧抓着爱情的手。当我失去他的那一秒心突然就变老，我以为我就要一点点慢慢死掉。又是父亲，他再次站在我这边，他说如果你想爱就去爱。

父亲在亲情里就是占据着这样一个重要的角色，在你最伤心、最委屈时，他绝对是那个无条件站在你那边的人，哪怕他知道爱过也哭过笑过痛过之后只剩再见，他也会支持你的选择。他不愿是他带给你哪怕一丁点儿的伤害。

转眼父亲已经去世十年，他留在我们回忆里的也就剩下这些跟他相关的物品了。

母亲说，父亲虽然不在了，但这家里的每一样物品都有他的呼吸，这些她和父亲亲手添置的东西，有爱和思念，只要这些物品还在，父亲也就一直还在。她不想让弟弟装修的原因，是怕父亲真的就随着这些被拆掉扔掉的东西一起走了，到时他就真的离开这个家了……

我安慰着哭泣的母亲，心里明明痛得要死，也不掉眼泪，父亲走后，我忽然成了一个很少掉眼泪的女子，爱的责任令我成长。

我看着那个梳妆镜，何尝不是有和母亲一样的感觉，能留住一个人的，真的也就剩这些不死的物品。在我走过的岁月里已经丢掉或扔掉太多我原本想留住的东西，这次我想好好保存这面父亲留给我的梳妆镜。

藏在食物里的亲情密码

我和她都属虎,她比我大48岁。她是我的姥姥。民国时大户人家的小姐,没吃过什么苦。后来家道衰落,丈夫去世了,她一个人带着几个孩子,靠变卖珠宝首饰来到西安。首饰卖光的时候,她认识了我现在的姥爷,一个普通善良的敦厚男人,从此她掩藏风光的历史,踏实地做一个普通男人的小媳妇。

从我有记忆开始,姥姥就是我的保护神。小时候第一次进幼儿园,执拗的我哭了一个星期还不肯罢休,不肯融入小朋友们的集体生活。老师实在是对我没了耐心,索性把哭闹的我关进了黑屋子。哭到喉咙沙哑没有力气的时候,碰巧姥姥来幼儿园看我,可是找遍了所有角落都没有看到我。幼儿园老师可能是害怕了,就撒谎跟姥姥说我今天没来幼儿园。我正好听见了姥姥的声音，不停地用力拍门。门是锁着的，老师一边开门一边跟姥姥解释说是因为我哭得实在是太凶了，幼儿园里要照顾的孩子太多，所以她们暂时把我关在了房子里。门打开后，姥姥看到杂物间连灯都没开，我因为长时间待在黑暗里，强光一进来，马上用手捂住了眼睛。她一下子抱住我哭了。姥姥固执地帮我办了退园手续，把我接回了她家。

那时姥姥在废品收购站上班，每天早晨她都会把我带到她单位，透过办公室小小的玻璃窗，我看到了一个神奇的从没有见过的世界。我把拉废品的骡子当成马，虽然姥姥当时一再跟我解释骡子和马的区别，我也没有分清过。我只知道大眼睛的骡子有着和马一样好看的长睫毛大眼睛；骡车上的铁屑在阳光下会发出像彩虹一样美丽的光；成堆的废纸堆积如山时，踩在上面好像踩在雪山上一样滑。我的童年在姥姥的溺爱中自由放养着长大，没认多少字，没画多少张画，可是我见过路灯下最美的萤火虫，见过白云最多的蓝天，还帮家庭条件不好的小伙伴们糊过火柴盒，拆过棉纱。尽管姥姥心疼我不让我干这些苦孩子贴补家用干的事情，可是我仍然乐此不疲地在晚饭后聚在人家家里，和一帮孩子干这些有意思的像做手工一样的活儿，直到姥姥喊我睡觉才肯回家。而睡觉在我记忆里是最痛苦的事，因为那时家里有老鼠，每次我躺在被窝里时都能听到老鼠家族成群结队地从屋顶跑过去的声音。每到这时我就会用被子蒙住头，生怕哪只调皮的老鼠掉队从屋顶落下来。姥姥见我如此怕老鼠，就养了一只黑鼻子的白猫。黑鼻子白猫很威武，它来了之后，感觉老鼠跑起步来都是小心翼翼的。从此，我和黑鼻子白猫成了好朋友，纵容它干了很多坏事，因为爱我，姥姥也连带着包容了这只猫犯的错事。

让我幸福而又美好的童年时光戛然而止的是妈妈来接我回去上小学了。我已经习惯了这样自由放养长大的生活，再回到规规矩矩的家里，真的很不习惯。而且妈妈可不像姥姥那样什么事都顺着我，我性格又执拗，常常被妈妈以武力修理。那时我每个月最盼望的事情就是姥姥来看我。因为姥姥是我的救星，她一来，我就可以理直气壮地跟她告状，让妈妈接受自己母亲的批评再教育。而且我盼星星盼月亮一样希望姥姥常来看我的最主要原因是姥姥一来，我就可以有充裕的零花钱，可以阔气地到学校门口买五分钱一根的奶油冰棍，一角钱的麦芽搅搅糖。还有就是每次姥姥来，家里很长一段时间伙食都会非常好，姥姥总是会带来大包小包好吃的美食。

上学后，见姥姥的次数比以前少了很多，能在平常的日子见到她的唯一理由就是我生病住院的时候。我小的时候体质不好，常常生病，每次一生病，妈妈就会跑去跟姥姥借钱。每次姥姥来医院看我都会给我买那时最流行的糖水山楂和糖水桔子罐头。那时小，不觉得生病是坏事，反而觉得是美事，因为一生病父母就会对自己特别好，又能见到姥姥，还可以吃到孩子最心仪的糖水罐头。完全没有觉出父母的难处，妈妈常说那时如果没有姥姥一次次在我生病时借钱给我们，她都不知怎么挺过那段艰难的日子。

可能是因为我从小是姥姥带大的，上学时才回到父母身边，所以琐碎的生活里常常因为小事与父母起争执，每次父母觉得我不对，教训我时，我都委屈地觉得那是我没在他们身边长大，他们对我没感情所致。所以每次在矛盾激发到顶点时我都会选择离家出走。每次离家出走我唯一可去的地方就是姥姥家。因为兜里没有钱坐公交车，我经常要走一个小时的路才能到姥姥家。每当我推开姥姥家小院的黑色木门时，姥姥都会挑开门帘欢快地走出来把我迎进屋，给我冲一杯蜂蜜水，听我诉完委屈后，就急急地钻进厨房，忙前忙后地做我爱吃的饭菜。每次我和姥姥幸福地吃完爱心大餐，闲聊完家常，忘了我生气的原因时，父亲就会骑着他的二八自行车来接我回家。

每当我坐在自行车后座上，在昏暗的路灯下和姥姥挥手说再见时，我的眼睛都会有些伤感的小湿润。从小到大，无论我是对还是错，总是无条件站在我这边的人只有姥姥。

后来结婚生子，日子过得忙碌又疲惫不堪，家人见面再也不把吃饭当成相聚的主要议题。而姥姥仍然像过去一样，只要来她家，总要有七荤八素的才觉得是招待好了家人。每次都剩下很多的菜，根本吃不完。渐渐地，大家都把吃饭当成了负担。为了不给姥姥添麻烦，我们只在节假日回去吃饭，平时都是聊聊天就走了。每次走时都能看到姥姥眼里的失落，然后她又会惯常地从屋子里拿出大包小包的食物让我带回去。

  她还是原来那个爱我，想把她所有好东西都留给我的人，只是我变了。因为工作，因为结婚生子，我变得越来越忙碌与浮躁。每次去看她的时间越来越短暂，每次去都发现她的头发越来越白，背越来越弯，望着姥姥皱纹满布慈祥的脸总会有些许的难过，总在心里暗暗告诫自己下次一定多陪她聊聊天，可是下次又会因为种种琐事与姥姥匆匆告别。每次走时，姥姥都会拄着拐杖颤颤巍巍地走到门口，眼里不舍地像小时候送我走一样跟我挥手说再见。那时总觉得大家可以见的日子还很多，不急这一时，没有想到老人年龄大了其实是见一次少一次。

  那年中秋节，一向身体健朗的姥姥突然被诊治出胆囊癌晚期。之前她从来没喊过疼，只是每次去见她都会觉得她又消瘦很多，瘦得让人心疼。可能她早就得了这病了，只是大家一直没发现。她生病的这段时间正是我换新工作，又逢新房子装修的特殊时期，我只在国庆节去看了她一次，见到我她依然像我小时候那样对我，让我吃苹果、香蕉，或点心。我没有动那些拿到我眼前的东西。曾几何时，食物在我眼里已经没有多少吸引力了，我已经长大，再也不像童年那样因为物质贫乏总是不断渴求从姥姥这个百宝箱里找到我想要的零食。

  我完全没有想到姥姥会走得那么快，从诊断出结果到她离开才四十天的时间，她离开时我正在甘泉出差，舅舅打来电话，哭着说姥姥走了。我的眼泪一颗颗地掉下来，那天阳光特别好，可是我的泪迎着阳光从脸颊滑落时，我觉得又冷又疼。

  一路上，姥姥与我的故事像电影画面在我记忆里一幕幕播放。我心痛，又后悔不已，她在世时我总觉得相见是随时随地的事。可是事实不是这样，人只有在失去时才知自己没有珍惜和所爱的人在一起的时光。我也是在送走她后才明白，在亲人眼里，食物是人与人之间传递爱的感情工具。食物的背后就是人。岁月会带走很多人，却带不走食物的味道。味道能唤醒味蕾的记忆，让你记得爱，并懂得爱。

青春的《窗外》

终于看到了这部被禁播了三十五年的电影《窗外》,林青霞的电影处女作。这部影片让她红极一时,我却一直没有机会欣赏。

《窗外》是琼瑶以自己初恋为蓝本写成的,电影中有母亲反对她初恋的细节。她母亲看了大怒,一个在中国诗词歌赋画等艺术方面都有造诣的女人,看到女儿把自己的故事搬上荧幕,且她是以那样一个不讨好的母亲的形象出现,精神上哪受得了这样的打击。她以绝食来反对此电影的上映。琼瑶在母亲的病床前哭了又求,哭了又求,一次次地道歉,终于以此片不在台湾播映获得母亲的原谅。

人对不能得到的,或让自己有遗憾的东西都会有超强的占有欲。我也不例外。

曾经我通过各种渠道搜寻过这部电影，跑遍这个城市大大小小的音像店，在所有网上商城出售的旧音像制品网页里一遍遍翻找，都无果。

直到最近，我才在某视频网站上像淘到宝一样看到它。

影片的前半个小时，我一直沉浸在一种忧伤的情绪中。想起很多年前，我第一次读这本小说的情景，那时的自己总是偷偷地躲在被窝里，借着橘黄色的灯光，读一遍又一遍，哭一次又一次。那样的年纪是不懂爱情的，江雁容和康南有情人不能厮守的痛苦，只能让我遗憾和忧愁，却不能让我哭泣。让我难过不能自抑的反而是雁容和家人的那种亲情折磨。我们那个年纪的女孩子，谁家不是好几个孩子呢，读琼瑶小说的人大多是有孤单和伤痛情结的女孩儿。父母那时忙着工作、养家糊口，只是养育孩子而不是教育孩子。而只要有爱，就一定会是偏爱，没有人可以像圣人一样公平地摊分爱，只不过是父母的爱给多给少的问题。同样的，有爱就一定有伤害，不痛的不能言之为爱。在爱里是，在亲情里也一样是。

那时我十几岁，在物质贫乏爱也缺乏的年纪，对江雁容采取的自杀行动，是非常佩服的。觉得死亡是唯一能被父母重视的一种行为。江雁容不也是吞服了安眠药，才让母亲意识到，她所亏欠和隐藏的母爱吗？她母亲写给她的那封信，我是读一次哭一次，那时我也希望我的母亲能给我写一封这样饱含爱的信。后来，我真的得到过一封母亲写给我的信，母亲的文笔绝对不次于江雁容的妈妈写给她的那封信。那是她无意看了我的日记后写给我的，我对生命的绝望感，把她看哭了。

那时的她只把养育看成一种责任，没把爱看成一种责任，也没把表达看成一种责任。

很多年过去了，读琼瑶小说长大的我，变成了婚姻里的宅女，爱里的浪漫化为生活里的肥皂泡，洗尽灰尘，我成了那个像花朵一样的小女孩儿的妈妈。

这天，我再看这部叫《窗外》的电影，我看到了青涩得像仙子一样的林青霞和犹如死亡般的爱情。

一样的故事，很多年后重读，我再也找不到当年的感觉，找到的是一堆跟爱情无关的泛黄的回忆。

我期待的那封想让我再次掉眼泪的信，在电影里没有出现。就有了翻箱倒柜找我最初摘抄这封信的冲动。

那个本子在柜子的最上层，落了很多的灰尘。用布擦干净后，我小心地翻开。本子是我当年央求父亲送给我的，是他1975年先进个人得到的奖品。首页有他随意画的图。

我忽然就伤心地哭了。一个人离开你后，你才发现物品是唯一可以存活在生活中，不会死的东西。本子里贴了很多的画，是我当年偷偷地剪了他喜欢的《大众电影》杂志和他美术书上的图。

他装作不知道，纵容着我小小的贪念。谁说纵容不是爱，虽然他从来没说爱过我。

然后，我找到了我摘抄的那封信。江雁容的母亲写给她的那封信，还是跟以前一样，伤心从我故作坚强的心里的某个角落被逼了出来，就成了止也止不住的泪。

直到我也为人母，我才明白原来伤害也是种爱，我才发现伤害无非是用一种很有力量与力度的方式，让你更快地克服弱点。年少清闲时，你想从父母那里得到很多很多的爱，可是父母没有时间给；等到他们老了，有时间给你很多很多的爱，可是你却没有时间要。

你正忙着和那个当初选定的托付一生的男人为爱吵架。吵，无非是想得到更多的爱。另一个言情大师亦舒说过：女人，没有很多爱，就要很多很多的钱。我没有很多很多钱，只好要很多很多的爱。

原来我们的一生都是等爱的过程。等别人爱你，或者你爱别人。

像我这样的一个女子

很多年前,我在朋友眼里是一个狂热的文艺女青年形象,热爱诗歌和言情小说。整日把自己关在一个叫青春的忧郁壳中,模仿汪国真的笔迹,抒情地写着席慕容似的诗。向往着的是琼瑶建在阁楼上的月朦胧鸟朦胧般的爱情,甚至想像三毛那样浪迹天涯寻找属于自己的荷西。

那个时代的那些作家给了天真女孩做梦的资本,却在某一天突然撕碎了这个梦。浪漫的三毛自杀了;多愁善感的琼瑶跟发现并捧红自己出了N本畅销小说的伯乐平鑫涛,结束了在婚外精神领域的遨游,在经过多年内心的挣扎和煎熬后,终于等来他离婚娶她为妻,进入有爱的婚姻天堂。

后青春期的诗，告别了那么疯那么热烈的曾经。

然后有一天，我在一本港台文学选集中遇到西西和她的《像我这样的一个女子》。

她说："像我这样的一个女子，其实是不适宜和任何人恋爱的。听人家说，当你真的喜欢一个人，只要静静地坐在一个角落，看看他即使是非常随意的一个微笑，你也会忽然地感到魂飞魄散。"

故事发生在香港，她是一个有着特殊职业的女子，遇到了一个为她着迷的男子，他喜欢她不化妆朴素的脸，喜欢她身上奇特的香水味，喜欢总穿着白色衣裙的纯洁的她。他眼神里的热情和她血液里的冰冷，居然产生了奇妙的化学反应。当他越靠近她，她就越来越明白他们的爱离死亡越来越近了。她理智而伤感地想，如果他和她一起到她工作的地方去，一切就会明白了。他会知道她身上奇特的香水味其实不过是附在她身体上的防腐剂的气味罢了。她甚至不知道他是否能够容忍她用这双手为他理发？是否能容忍她为他细心地打一条领带？这样的一双手，本来是温暖的，但在人们的眼中已经变成冰冷；这样的一双手，本来是可以怀抱新生的婴儿的，但在人们的眼中已经成为安抚骷髅的白骨了。

传授她这不愁衣食，不必像别的女子要靠别的人来养活自己技艺的怡芬姑母，年轻时喜欢一面工作一面唱歌，并且和躺在她前面的死者说话。那时她遇到一个愿意为她做任何事，发誓无论如何都不会离弃她的男子，结果他在知道她的职业后，吓得掉头拔脚而逃。怡芬姑母再也没有见过他了。

文章的结尾，当他捧着一束巨大的花朵走进咖啡室时，他是快乐的，而她是忧伤的。他不知道，在她们这个行业之中，花朵，就是诀别的意思。

我很难形容第一次读西西的小说所带给我的那种文字上的震撼，她的小说和我那时读过的亦舒、岑凯伦、玄小佛等的言情小说完全不同。

她剥开了死亡神秘的外衣，令人战胜了内心的恐惧，第一次直面死人化妆师这个冰冷职业的爱情。那时那刻，西西用这篇小说满足了所有人对这一职业的好奇与窥探欲。

从此，我爱上西西的文字，并开始到处搜集她的小说，可惜可以得到的甚少，她是个特别低产的作家，而且大陆买不到她的书。每次看到那些可以买到她在香港三联书店和台湾洪范书店出版的新书的人就嫉妒得牙痒痒。很多年来我一直被那种不可得的遗憾折磨着。

但是，这么多年来我总是惦记着跟她有关的一切消息的习惯始终未变。

曾经教过书，现在是自由职业，平时看看书，给母亲做做饭的西西，有一次洗浴时，发现自己乳房上有一个硬块，很不幸她患上了乳癌。命运一次次地考验着她对挫折和痛苦的耐受度，看着她挺过从童年到青春期的家庭贫困，中年期因为香港一度教师过多，而提前退休。以为从此可以专心读书、写作，却又得了癌症的厄运。但是每一次面对不好的事情她都能乐观面对，"生命是值得赞美的"，西西如是说，"活着，就有了可能。"

手术后，她坚持写作，其后又再写出《哀悼乳房》《候鸟》《飞毡》等，出版的小说、散文、随笔等近三十部。

2005年她成为世界华文文学奖新得主，却没有出席颁奖典礼。大屏幕上的VCR，西西用淡然平静的声音读出其获奖感言，画面是她亲手用左手所做的毛熊，她说："我实在不能出席颁奖礼，过去我有幸也得过一些奖，有的来自我居住的地方，但我从来没有出席过颁奖礼，我本来就不会应对，年纪越长，对越多陌生人的场合会感觉害怕。"

西西说，这种心理与其身体状况有关，多年来她必须按时吃各种药，因为糖尿病、高血压，风疹等疾病，还因为手术后遗症而导致右手不能书写了。"说来我好像在诉苦，不是的，我们活到某个时候，就会失去这个失去那个，不必介怀，也介怀不来。我还有左手，我正学习使用左手，而且我已学会用左手做毛熊，对右手也算是物理治疗。只要不想颁奖礼之类的，我的血压就不会急升。"

她豁达及幽默的感言，让每个人都感动不已。

她在《左撇子序》中自答这数年间，右手没有起色，而家中的微型屋已多到放不下，转做毛熊后，至今又做了过百只。至于爬格子写文章，这只左撇子蜗牛的成绩也有目共睹。

如今,她做的这近百只熊,终于以《缝熊志》的形式面向大众了,且一面世就备受瞩目,这些她手下的有"中国文化特色"的毛熊,真的可以和闻名世界的泰迪熊媲美了。她将中国的古典文学、悠久的历史,都赋予给了她的熊孩子。

这是西西第一次高调亮相,和她的熊孩子一起旅行。在海牙、在阿姆斯特丹,当她和她的熊一起合影时,脸上流露出的是真切开怀的笑容和自信。

我热爱的女作家西西,让我曾经以为她留给我的只能是方格文字间的畅想,她的低调注定我们只能以文字的方式结缘。可是在这本书中,我竟然第一次通过照片的形式见到了她,文静、瘦弱、戴着眼镜的她已成了一个老太太,真的是一件令人伤感的事情。

在我的心里,永远不会见面的西西,应该是不会随岁月改变的。

西西让每一个热爱她的人,想起青春岁月里我们曾经狂热过的文艺青年情结,想起那曾经影响过我们一代的港台文学,也唤起了许多人对文学的回忆。

梁文道说,曾经有一段日子,每当有人问起:"香港有文学吗?香港有了不起的小说家吗?"他就回答说:"有,西西。"

梁文道眼中,西西的小说有强烈的"香港意识",因为以前一些作家写香港,并不是把香港当成主要的环境,而是仅仅把香港当成一个藩篱,甚至当作一个恶劣的对照。但西西则是把香港当成家,当成一个她想要生活下来的地方。

西西在这个她想要生活下来的地方构筑了一个属于她自己不朽的传奇。

港版《画皮》的人海微波

1994年，我在一家生意不景气，后来改成证券公司的小电影院看了据说因为吓死过人被禁映很多年的香港版《画皮》。

这家电影院以前在生意最兴隆时，有过满场上千人的盛景，那时最流行的消遣娱乐方式就是看电影。我跟着父母看了很多的电影，大多是国产的武侠片和恐怖片。后来因为恐怖片给不少小孩儿心里留下了阴影，于是家长便不带孩子看他们觉得很少儿不宜的电影了。

时运不济，可以用在一个人身上，也可以用在电影院上。不知何时国内的电影院从盛世进入萧条的时代。看电影不再成为一件时髦的事情，大家宁肯泡在家里看007的DVD，或是追着电视看那些让人落泪的港台肥皂剧，也不愿再看对号入座的电影。

电影院进入到改朝换代时期，装修越来越豪华，票价越来越贵。

我之所以会去看这场《画皮》，是为了满足自己对怀旧禁播片的窥探欲与好奇之心。

那天，这家电影院一反常态地火爆。

因为对恐惧做好了充足的准备，也知道鬼是那个勾魂至极的梅娘，所以当王生因为贪恋美色把梅娘安置在一个清净的院落中，以发奋读书为名，夜夜与美女同房共寝，气色越来越憔悴。梅娘一有犀利的眼神，配乐鬼怨时，立刻就有某些男友的女友捂着眼睛惊声尖叫。那尖叫声立刻会引发串串的连锁效应，很多女人都会跟着惊叫。以为最恐怖的那幕画皮掏心的镜头出现了，谁知次次都是虚惊一场。于是每到这时就会引起强烈的笑场。

电影院里笑作一团。简直把惊悚片当成了喜剧看。

很多年过去了，我已经忘记了这部电影，可是新版《画皮》，让我想起了和旧版《画皮》有关的回忆。还让我想起了那个在电影里扮演女鬼梅娘的朱虹。

朱虹与金庸暗恋着的夏梦并称当时香港电影四大当家花旦。这个出生在云南，十五岁随家人迁居香港，因为热爱电影与电影结下不解之缘的女子，演过无数经典的电影，留下了百媚一生的荧屏形象。热衷拍戏、勤奋刻苦的她却最终被电影所伤，退出影坛，嫁给了和她合作过《金鹰》的导演陈静波。无奈丈夫已于1995年过世，他们唯一的儿子现在在美国从事电脑工作。虽然儿子对电影艺术从小就很有兴趣，人又长得很帅，但她没有让儿子继承自己的事业，她认为大部分人的艺术生命都很短暂。

她说："人生就像一个大舞台，每个人都要不停地变换角色，既然你的上一个角色演完了，就要把现在这个角色演好。从生活上讲，儿子将是我的'终点站'，但我觉得自己还没有到终点站。我想自己的最后一个角色是专业'吃喝玩乐'的老太太。"

洒脱如她。

在大家快要淡忘她时，新版的《画皮》掀起了一股奇怪的怀旧风，不少人在看了周迅、赵薇、孙俪版的画皮后，又折回头去到处找朱虹版的《画皮》看。南京一家影院为了给新版《画皮》热身，放映了旧版《画皮》，没想到场场爆满。

旧版《画皮》爱恨分明，人因为贪念爱上鬼必会被鬼吞噬。新版《画皮》，周迅扮演的千年狐妖，为了得到一句"我爱你"，宁愿灰飞烟灭，还原成一只永远不会再心痛的白狐。

她们两个，一个是电影里的鬼，一个是电影里的妖；一个红在三十多年前，一个红在三十多年后，却都深知一个相同的道理："演完上一个角色，就要把现在这个角色演好。"

朱虹现在的角色是"吃喝玩乐"的老太太，周迅现在的角色是高圣远身边那个爱得低调又不张扬的精灵女子，都是活得率真又精致的女子。

只想和他说说话

我一直以为我不爱他。

三十几年来,我们的话一直说得很少,加起来最多有一年那么短的时间。

我对他最美好的回忆停留在五岁之前。

那时还没有弟弟,我还是他眼里的心肝宝贝。他喜欢给我买漂亮的衣服、鞋子、时髦的玩具,还有好吃的点心。逢年过节便想着法子变换我的发型。现在相册里有一张五岁时的卷发照片便是他当年的杰作,那种用火钳子烫出的流行发型。

母亲说,他那时是多么地爱我,不允许母亲对我有任何的责骂。他说女儿是用来疼的。

我总是喜欢偎在他温暖的怀抱中。后来，有了弟弟之后，他的怀抱便不再属于我。

我觉得儿子是男人一生经营的最伟大的事业。

他的爱转移后很长一段时间，我都生活在伤心、失望和敌视中。

我也不似从前那般爱他，很少和他说话，偶而说了便是争吵，觉得他太重男轻女，觉得他犯了这辈子都不会被我原谅的错误。

有段时间我很怕很怕过年。因为每年过年，都是我泪水最凶猛的日子。我总是离家出走，去姥姥家过年。

每次烟火最灿烂的时候就是我最想家的时候，我总是望着家的那个方向掉眼泪。

我知道他也应该想念我，有谁不喜欢在春节的时候阖家团聚呢！每次回家的时候都看见他在厨房忙碌着，在炸我喜欢吃的那种小小颗粒的肉丸子。

我的心是多么地想留下啊，可是我的脚依旧叛逆不听使唤地走开了。

在关上家门的那一刻，我看到他眼睛红红的，忍着眼泪不掉下来。

很多年我们的关系都止于此。

除了必要的话，绝对不会有更多的交流。

他本就是个内向不善言谈的男人，我不主动开口，他也不会主动表达他的感情。

我在这种压抑的心境下慢慢长大，成了一个自卑、敏感、多疑的丑小鸭女孩。

有一天，他眼里的丑小鸭忽然变成了男孩子眼里的天鹅，开始被男孩子追求了。

他还是担心的，但他不说，只是用眼睛观察着。

十七岁，初恋。对那个男孩子只是喜欢。只因，贪恋他对我的好，贪恋他对我的细心呵护与关心。好想一个男人把父亲没有给过我的温暖的爱弥补给我。那时对爱情只有一个简单的心愿，就是找个好男人来疼来爱，一辈子对我忠诚不变心。他其实是这样的男孩子，这一生再找不到像他对我那么好的男孩子，可是我却觉得无法从他那里得到我想要的安全感。我好像更喜欢比我年长的成熟男人。

却不忍心对他开口，因为没有分手的理由，所以只好沉默。

这段恋情他是知道的，觉得男孩是真心对我好，并爱我。他不能接受我处理感情的方式，大约是看到了我不被他了解的残忍一面。

他说，不爱至少应该说清楚，至少要让人家明明白白地死心，不要用沉默去伤害人家。

我不用他管。依旧我行我素，结果伤害了那个最爱我的男孩儿，以至于他连朋友都不要和我再做。

还是伤心的。分手，不管是爱还是不爱，都会或多或少留下些或大或小的伤口。

后来，又恋爱。

他不喜欢那个男人，他越反对我越反叛。铁了心要和那个我一开始不爱后来深爱的男人开花结果。

看得出来他是紧张的。在我的口红画得很红，裙子穿得太短时，他都是流露出不满。他觉得一个女人具有吸引男人眼球的诱惑资本，多半不会是好事。他是过来人，知道爱情的后果无非是男女优劣位置的互换。

果然，这场爱情很快从我说了算变成他说了算。我一天天失去自己的优势，一步步把自己逼到最劣势的地位。

爱里最在乎的那个人，一定是痛最多、泪最多的人。

看着我日日用泪水哭湿枕头，他无能为力，更沉默了。

我们的话更少。我好像成了一个被人拔光了刺的刺猬。与他在一起似乎没那么尖锐了。

但我还是不爱他。我觉得我的不安全感和痛苦，都是因他没有尽到父亲爱的责任造成的。

一段令自己痛苦的爱情，唯一的解决办法便是分手。虽然仍然不能停止爱，但是却必须强迫自己接受现实。

爱人和嫁人是不同的，嫁人一定要嫁自己最爱的人。

忽然间想要结婚了，找个温暖的避风港。

对于我要嫁的人，他是非常满意，并且喜欢的。

尤其是看到爱我的那个男人温柔地迁就我，对我言听计从，眼里流露出爱的柔情蜜意时，他是喜悦的，知道我这次选对了人，找到了属于自己的幸福。

他总是替我嫁的那个男人说好话，说他最大的优点是老实，以后肯定不会做变心的坏事。老一辈的理论放在今天的婚姻里有时挺可笑的。

婚姻里最初的优点，到最后往往会变成无法容忍的缺点。比如老实便意味着不浪漫。不浪漫在婚姻里是女人的致命伤，她会因此不快乐！

可是，他却说所有的婚姻到最后都是过日子。尤其是有了孩子后，多半是为孩子而活着的。

他也是为了我而活着吗？

然后，我有了女儿。生活因为这个小生命的来临而完全改变了。曾经以为很大的矛盾现在却成了微不足道的了。

几乎没睡过安稳觉。每天晚上不停地起来，因为她的哭声和需求。

把一个孩子养大太不容易了。人似乎只有为人父母之后才知养育的艰辛。

妈妈说，我小的时候父亲不知多爱我。我体质不好，总是生病。父亲常常都是半夜送我去医院，因为血管细，护士扎不进去，父亲居然会心疼地和护士吵架，流眼泪……

我觉得心里被什么东西扎了一下，很疼，眼泪不由自主地流出来，想想我和他这么多年的怨恨是多么不值得。

后来，他脑中风，半身不遂，终日坐在轮椅上，连交流都很困难，索性就不再说话。表示好与不好，同意不同意都是用竖起大拇指来表示。

我想和他说话已没有机会了。

这一病就是十几年。

有次，我去北京，他病危。我紧张而害怕。

虽然，医生让我们做好最坏的心理准备，我还是期待奇迹会出现。

躺在病床上的他被病魔折磨得只剩下一把骨头，听着他痛苦的呻吟，很揪心，却不能帮他。

替他量体温,35度3,35度2,心里是惊慌的,觉得他就要没有体温了。我知道那样的结果是什么。那是第一次我感到自己是多么无助。很长一段时间我都不敢面对体温表。它在我心里留下了深深的阴影。

他走的那天早上,我因为忙单位的事,没见到他最后一面。

接到消息往回赶时,坐在出租车上一直一直地掉眼泪,伤心欲绝,觉得心一下子被他的离去而掏空了。

无论我多么觉得做好了准备,在面对这一刻时也永远是没有准备好的状态。

我不停地哭泣,不停地喝水来补充生命里流失的水分。

直到他走,我才发现我是那么爱他。可是,我却从来都没有告诉过他。

我只有用怀念的方式爱他,这是我们唯一可以说话的机会。

希望他知道。

中国式父女关系

《中国式关系》里因妻子出轨而离婚的老马发现上高二的女儿失恋了,他把女儿带到酒吧,让从没喝过酒的女儿品品红酒的滋味。女儿只喝了一口就皱起了眉。

作为父亲,老马这样说:"意大利的红酒没有法国的那么讲究,比较热情奔放,就像你现在的年龄。你现在喝什么酒都是一个味,酒精味,呛鼻子的味,这种刺激,把其他的什么味道都掩盖了。只有将来,你慢慢地越喝越多,越喝越有经验,越喝才能越琢磨出味来,那个时候你才能知道酒的好坏,也就会彻底地忘掉你的人生第一口酒的滋味。"

这就是中国式父女关系——隐忍不张扬，严肃但不严厉，用最浅显的道理点到即止的说透却不点透，颜面上守住女儿的骄傲……

父亲和母亲常常在女儿生命中扮演不同角色。母亲是分享孩子秘密的闺蜜，父亲则是指导孩子航向的船长，陪她经历风浪，让她看过最美的风景，遇到最好的自己。只是父爱常常最容易被忽视、被误解，要在最无助、最疼痛，或失去时才能发现。

我就是这样，直到父亲离开多年，我才发现，父爱从不需要表达，他一直在那里，坚实如山。就像我每次回妈妈家看见那个放在墙角父亲送我的小小的梳妆台，就会莫名地想起他，想起那年父亲晚回家的傍晚，家人都在等他吃饭，他扛着梳妆台上楼欢快又沉重的脚步声……

如今那个上楼的脚步声再也不会响起，而我也真切体会了什么是中国式父女关系。

借双翅膀飞回你的天空

她比我大二十四岁,我们都属虎,所以性格惊人的相似,固执、倔强,不服输。喜欢把爱藏在心里,任它越积越多,也不肯表露出来。

我从来没有说过爱她,她也是。

结婚前我和她最常做的一件事就是争吵,为琐碎的家务事、叛逆时期的爱情,以及我想嫁的那个男人。

她总是说,你为什么不能选择一个让你幸福的未来。

我不听,我总认为没有爱,要很多很多的钱也没有用。

她背着我掉眼泪。

我也很难过，可是我还是按照我的决定选择了我的人生。

婚后第三天，我就很想她，想得一个人躲在被子里哭。

我给她打电话，占线；再打，还是占线。后来电话是她打过来的，原来我们互相在拨对方的电话。她问我吃得还习惯吗？

我的泪在那一声问候中掉下来。那是第一次在电话中，我跟她说，我想她。

我听到她哽咽的哭声。

那段时间我给她打很多的电话，直到我适应婚姻带给我的新生活。

我们已经很久没有吵架了。见了面，关系反而比我待字闺中时更亲密。我忽然觉得很幸福，因为能做她的女儿。

这种亲密关系的转折，是从我辞职开始。那段时间我总是失眠，工作又不开心，状态极度差，铁了心要做自由撰稿人。

她虽然没有反对，可是我仍然觉出她的不安和担心。

那段时间正好是她的更年期，脾气变得暴怒而难以控制。碰巧弟弟开了一家赔钱又转让不出去的餐馆，她的心情很差，没事就给我打电话，让我多去餐馆帮帮忙。有时我去，有时我不去，因为我得靠写字养活我自己。我需要安静的氛围和时间。她不理解我，动不动就对我发脾气，要不然就一个人绝望地把自己关在屋子里，一哭好几个小时。

我很难过，我说我待在家里也是工作。她不理我。

那是我们关系最为恶劣的时期。

我们很长时间不说话。我如她所愿，放弃我喜欢的写作，到那个小小的餐馆帮忙。那是冬天，风很大，下雪时，我把自己单薄的身体裹在厚厚的滑雪服里，仍觉得冷。眼泪流出来很快就没有了温度。

我也很绝望，为这样冰冷的母女关系，也因这个难熬的冬天。

那些天的晚上，在我婚后十平米的房子，我一遍又一遍地看《蓝色生死恋》，不是因为那场刻骨铭心的爱情，而是因为我喜欢剧中那个漂亮又温柔的韩国妈妈。我的泪一次又一次地掉下来，我知道我所奢望的那种温暖的母爱在现实生活中是不存在的，所以我把它当成秘密藏在心里。

我在这场根本就没有对错的感情中僵持着。

直到我发现我的体内有了一个新的小生命，妊娠反应让我变得憔悴不堪，什么也吃不下去，吃什么吐什么。因为赌气，我甚至没有把这个喜讯告诉她，她是从弟弟那里知道的。没有想到她竟然是那样欣喜，跑来接我回家，为我做各种营养的食物。

看着她脸上重新回来的笑容，看着她为了我忙来忙去的身影，看着她在深夜的灯下织一件件小小的毛衣，我心底藏匿的对她的那份爱又如潮水般涌来。

没有道歉，没有任何的言语，我们又回到了从前亲昵的关系中。

她总说我像个长不大的孩子，可是如今这个长不大的孩子居然要做母亲了，她无限感慨。我也是。虽然我在心里无比盼望那个小生命的来临，可是我没有一点儿做母亲的准备，我不知道我这样一个孩子般的女人该怎样面对另一种人生。

可是当那个小生命在我体内惊喜地发生着变化时，我发现我对宝贝已经产生了一种难分难舍的依赖感，我是那么地爱她。我固执地认为我的宝贝一定是个乖巧的女儿。母亲抚着我的头发说："一个女人最幸福的时刻是她做母亲时，你现在已这样爱她了，等到她生下来，你会发现你更爱她。"

如我所愿，我真的生了个女儿，最初做母亲的喜悦感消失后，我跌入到一种忙乱的生活状态中。我无法适应这个小生命的哭闹，她所有的需求都用哭泣来表示，我不知道这样的一个小人，她哪来那么多的泪水。在她面前，我手忙脚乱，笨手笨脚。我不会抱她，不会安抚她，不会给她换尿布。她一到我怀里就哭，一到母亲怀里就安静得很。我感到一种强烈地受挫感。我像个婴孩般，感到一种莫名的无助。眼泪像那个深秋季节的雨，没完没了。我得了产后忧郁症，看不清未来的方向，心里被一种绝望的难过纠结着。我总是哭，无时无刻。母亲说："你不要哭了，你这样眼睛以后会落下病的。"她温柔地安慰我，耐心地教我抱孩子，给孩子洗澡换衣服。

终于，女儿开始喜欢我的怀抱。

我的泪水渐渐被笑容代替了。

母亲欣慰地笑着说，我终于成了一个合格的妈妈。她说我真的长大了。

是啊，当一个女人真的成熟并且长大后，就意味着她离开了母亲的世界。

那之后，我买房子，搬家。离开了那个我生活了很久的屋檐，开始了我真正的烟火生活。

女儿学会走路，学会说话。她不听话时，我会教训她，打她时，手很疼，心更疼。那一刻，我终于明白，母亲与女儿之间的感情，是建立在那种严厉的伤害中的。

伤害也是一种爱的表现。

女儿小时候和我说的最多的一句话是："妈妈，我喜欢你。"那么直接，那么甜蜜。我拥抱着她说："我也喜欢你。"其实，爱就是这样简单的一件事，喜欢就大声地说出来。

可是，我和母亲从来都没有说过。从小到大，我们的争吵多过于说爱。爱，这样简单的一个道理，我在做了母亲之后要从小小的女儿那里知道。

再回母亲那里，我跟她说，我以后再也不和她争吵了，我要留出时间对她说爱。我拥抱她，第一次跟她说："妈妈，我爱你。"她笑我肉麻，但我从她笑着的眼睛中看到了泪花。

有一天我忍不住告诉她我心底的秘密，我说我曾经最喜欢的妈妈形象是《蓝色生死恋》中恩熙的妈妈。那个温柔而美丽的韩国妈妈是我的理想。她说她永远不会是那样的妈妈。我笑，我想我也永远不会是那样的妈妈。每个妈妈都是不一样的，但是爱一定是一样的。只是有的爱说，有的爱不说。

黄昏的天空

最近一直在看奥黛丽·赫本的传记,这个像钻石一样耀眼的优雅女人,随和、美丽而又有气质,很容易让人喜欢上她,并爱上她。可是,她的婚姻和家庭却都不幸福。

尤其是她和母亲的关系。她一直不喜欢她的母亲,那个有着高贵血统的男爵夫人,始终让她觉得高高在上,冷漠而又难以亲近。

虽然,母亲为了她能成为一个成功的人吃了很多苦,战时的呵护照顾以及在她早期的事业上尽其所能地帮助她,但都没有打动过她的心。她只是感激她,却并不爱她。她所能给母亲的只是让她过上舒心的日子,在生活上悉心照顾她而已。

这是一段多么让人伤感的母女关系啊。

奥黛丽一直以为她的母亲不爱她，母亲对她的严厉和挑剔，让这个美丽的女人一直都很自卑、脆弱，总想找个有安全感的男人来保护她，却在爱上一错再错，伤心再伤心。

那时，母亲多么激烈地反对过她的婚姻啊，母亲认为她选择的男人不适合她，是会带给她伤害的，可是，她不听，一意孤行。她认为母亲不理解她。一直到她最后遇到的那个男人，母亲才认为是最适合她的。

那时，她已人到中年，是两个孩子的母亲了。伤痛终于让她成熟。

女人永远无法像爱男人一样爱自己的母亲。

可是，男人的爱是随时会变，随时会消失的，而母亲的爱是永远不会改变的。

其实，奥黛丽的母亲一直深深地爱着她，并以她为之自豪、为之骄傲。可是，她却从来没有告诉过女儿她这种浓烈的爱。

"人们常常不会告诉心爱的人说他们爱对方，他们反而会跟别人说。"以至于爱常常被误解，被否认。亲情之爱同爱情一样，真的是需要勇气说出来，才能恒久地让人回味与怀念。

亲情在我们生命里总是以一种严肃的爱自居着，看似高高在上，却轻易地触动着我们内心柔软的角落。爱只有让人确实地感受到，才能得到自信和鼓励。

我相信，母亲从子女那里想得到的永远不是舒适的生活，而是绵长的思念和爱。而子女最期待听到的也是从母亲嘴里那不轻易说出的爱。那种爱"好像黄昏的天空，在我看来，像一扇窗户，一盏灯火，灯火背后的一次等待"。

不离不弃,最动人的爱

女儿练琴的地方,有一个家属院,每到傍晚都会有很多人排队去买一个女人的凉菜。

那样庞大的队伍增添了人的好奇与探究之心,于是不断有人增添到队尾来。我也是其中之一。

问起前面那个善谈的女人,这家凉菜热卖的原因。她说,这个女人已经在这里卖了十几年的凉菜了。从最初的大棚菜市场开始,一直到市场拆迁,建了新的家属小区,她常年在这里卖凉菜。

一旁的四川老太太摇头叹息:"人这一辈子能一杆子打到底最幸福,千万不要中间坏掉一截。卖凉菜的女人非常不幸,她正好是遇到了中间坏一截的命苦女人。"

从农村嫁到城里的她,原本想通过婚姻改变自己的命运。谁知女儿出生没多久,她就发现丈夫不对劲了。丈夫本就是内向寡言的人,因为单位那些长期不顺心的事,精神上受了刺激,无法再继续工作了。这意味着一家三口从此只能靠丈夫那点低保工资生活了。

她抱着还在她怀里吃奶的女儿哭了很久,知道软弱解决不了任何问题。她现在唯一能做的事就是以最快的速度找到一份能赚钱的工作,且要离家近,可以方便照顾女儿和丈夫。最后,她决定在家附近的菜市场卖凉菜。

那时菜市场卖凉菜的已经有好几家了,玻璃推车上贴着大红的字"朝鲜小菜",她的推车排在最后面,玻璃上没有贴任何炫目的字。但她的菜看着花样最多、最新鲜、最实惠。她不懂做生意的技巧,只想用味道留住每个人的味蕾,可以多多照顾她的生意。那样,她就可以供女儿读书成人。

就这样,她的凉菜卖了十几年。到如今只剩下她一家,好口碑远近皆知。

其中的辛苦所有的人都看得到,她住的地方在六楼,每天早上五点她就要跑到蔬菜批发市场批发新鲜便宜的蔬菜,然后回家摘洗调制。晚上六点,常常见她费力地从六楼一盘盘地把凉菜往下搬。一趟一趟,往返得十几次。丈夫根本帮不上忙,他终日待在家里不出门,为了帮他解闷,她还给他买了一台电脑。

善解人意的女儿很争气,高考考了全校第一名。她十分清楚母亲这么多年来的坚持是什么。母亲希望女儿过着不同于她的幸福又成功的人生。女儿又希望,可以通过自己的人生改变母亲的人生,可以让她过上好日子。

一个在困境中誓不低头的女人,对精神失常的丈夫十年不离不弃的爱,温暖着女儿,使这个表面上看起来不正常的家庭拥有着人间最正常最动人的爱。

如何在人生的这张床上睡得快乐和开心

某天早晨上班的路上,碰到一个善谈的出租车司机,他说以前他一直以为姻缘是一辈子的事。可是女儿一岁四个月时,他和妻子的爱还是走到了尽头。那时,他才知姻缘是瞬间的事,不是一生的事。

他把家里的全部存款都给了离婚的妻子后口袋里只剩下73元,那天晚上他抱着小小的女儿哭了一晚上。女儿一岁半,他就把孩子送去了幼儿园。三岁,女儿开始上全托。六岁,女儿已会洗自己的袜子和内衣。他还从小就教女儿理财。女儿的压岁钱,还有他每天跑车的硬币都会交给女儿,女儿可以任意支配自己的钱,但是花了什么钱必须经由他知道。他的放松式管理反而让女儿养成了不胡乱花钱的好习惯。他自豪地说，他才十几岁的女儿现在已有了7万元的存款。

这么多年过去了，他很少打骂女儿。女儿从不叫他爸爸，总是老薛长老薛短地叫他，他也不气，觉得自己和女儿的关系更像是朋友。

后来，他再婚了，找了个比自己小十几岁的80后女孩，新妻子和女儿的关系处得挺融洽，每次他和小妻子闹矛盾，女儿都站在小妻子那边。现在，他们是幸福的一家三口。

去年，前妻来找他，因为孤独和思念，她想要回女儿到她身边。女儿哭着对她妈妈说："妈妈，我一岁四个月时，你为什么不要我？我爱我爸，他将来老了，我要养他。"

我被他豁达的人生故事打动，觉得他是一个特成功的父亲，把自己的女儿培养得又独立又孝顺。

他说："人最重要的是享受当下。无论你是富有还是贫穷，最终都只能睡在一张床上。"

这话说得多么好，我们打拼一生，即使获得再多金钱，也不可睡在两张床上，重要的是你在这张床上睡得快乐和开心。

爱尔兰咖啡VS洛神红茶

最近看了痞子蔡的小说绘本《洛神红茶》。

一部纯情作品给青春小孩看的,已不适合我这样年龄的女人看了。

九千字的小说很短的时间就看完了。说实话整本书只有序,那短短的一篇文,留给我感触。

他说:"我一直有用'味道'记录生命中某段历程的习惯。洛神红茶的味道,是我对那段日子(高三的岁月)仅存的记忆。写完《第一次的亲密接触》之后没多久,在某个酷热的夜晚,我突然怀念起洛神红茶的味道。但当我好不容易在夜市里发现它时,味道却已经完全走样。也许因为我的生活已经改变,'味道'也跟着变了吧。"

味道是和记忆有关的。一种味道、一个记忆,一个故事。

我们怀念的某种味道跟某个人有关的记忆,原来是会在岁月里,在不断发生的新故事里冲淡并改变的。

那种味道、那个人在那年那月是喜欢的。而我们却以为自己会一直喜欢下去。如果不是重新回头,重新品尝那种味道,你不会发现自己已不喜欢那种味道那个人了。

我已很久不读这个男人的小说了。很奇怪,读《洛神红茶》会让我想起跟这个男人有关的一部电影和一本小说。人都是在想起一件事时会牵扯出很多跟这件事有关的回忆。

那部电影是《第一次的亲密接触》。痞子蔡和轻舞飞扬第一次见面时,轻舞飞扬的咖啡哲学,以及痞子蔡的流水哲学给人很深的印象。

电影的原著小说我没有看,因为有些浪漫的细节和经典的对白,使我对这个男人的小说有了好奇之心,于是看了他的《爱尔兰咖啡》。

"传说酒保第一次替喜欢的女人煮爱尔兰咖啡时,因为激动而流下眼泪。为了怕被她看到,他用手指将眼泪擦去,然后偷偷用眼泪在爱尔兰咖啡杯口画了一圈。所以第一口爱尔兰咖啡的味道,带着思念被压抑许久后所发酵的味道。"

一杯需要加眼泪的爱情咖啡,在那段非常无味的岁月里曾经感动过我。

可是我无力再重读那本当初感动过我的小说了。因为我知道今时今日的心已不同当时当日的情。

重拾有时并不是一种得到,反而是一种失去。

所以,还不如留下些星火般温暖的片段在记忆里。记住自己喜欢过洛神红茶或爱尔兰咖啡的味道,以及与这些味道有关的人或爱就好。不要奢望你当初喜欢的味道今天仍然喜欢。人的喜欢是随时因为经历而改变的。

DICOS的下午时光

很多年都没有去那家店了。

那天只是路过。看见那个熟悉的我过去常坐的有落地窗的米色沙发椅,不由勾起了我对往事的回忆。

曾经不工作的那段日子的很多个下午我都是在那里度过。

一份咖喱饭、一杯红茶、一本书、一个记事本有时可以陪我几个小时。

有时是看看书,有时是写写字,有时是什么都不做,只是静静看着窗外车水马龙的街上来来往往的车和人。

好像什么不开心的事情都可以在那几个小时里安静地沉淀下去。

更多的时候是和女友在这里聊天。

谈看过的某部电影、听过的某首感动的歌，读过的某本难忘的书，当然还有爱情。爱过的某个男人在生命里留下的温暖的片断，以及不能成全的痛。

笑过，也哭过。

面前的那杯红茶留下过多种不同的体会和味道。还在这里见过女友即将要嫁的那个男人。

说实在的心里很不是滋味。那样一个样貌俗气，也看不出来会体贴人的男人，却是女友铁了心要嫁的人。只因为那年她太想太想结婚，而他是她的降落伞。

她的婚礼，我因为不得已的原因没有参加。

后来，去她小小的家，到处是女友的气息和痕迹的家。家具、羊皮灯以及小小的白色毛毯的家里蜗居着她的婚姻。

看了她的结婚照。女友美丽得像个明星。总觉得她很像朱茵，那个在至尊宝心里留下过一滴泪的女人。

她也曾在某个男人的心里留下过一滴泪吧！只是不是婚姻里的这个男人。

她不爱这个男人，她只是爱这个家，爱这个一草一木都是自己修饰起来的家。

可是，没有爱就没有家。她仓促地从那个家里出来了，很多东西都没来得及带走。包括曾经借我的，我们都爱的那部叫作《爱的蹦极》的韩国电影。那个肯在众目睽睽下蹲下来为心爱的女孩子系松开的鞋带的男人。她没有在婚姻里遇到。

现在，我和女友都不太去那间DICOS店了，更多的时候我们只能吃顿简单的午餐，很多秘密还来不及分享就告别了。

成长让我们学会了忙碌，还学会了遗忘。遗忘一些我们不喜欢的事情，好好生活。

说好了谁都不许忘

这些年来可见的人越来越少。朋友也是在时间的沙漏里越丢越多。心里承载的记忆的玻璃瓶,也由最初的五彩斑斓渐渐沉淀成岁月的黑白灰。

经历的痛苦越多,人的抵御能力越强。也知什么是留得住,什么是留不住。留不住的都是可以和自己分享快乐的人,因为快乐是瞬间的事,爆发过了也就消失了。而人真正想留住的其实是可以和自己分享痛苦的人,因为痛苦是绵长的,不定期发作的,能做那个分享痛苦的人也必得是能守得住秘密,不怕被打扰的人。

直到现在我都不习惯把这样的好朋友叫作闺蜜。我觉得友情最好的代言词还是"朋友"这个词。朋友是月月相伴，岁月相知检验出来的。而闺蜜是知道自己最多秘密，又得随时提防她出卖自己秘密的人。很多人不是都说"闺蜜是靠不住的"，所以我不愿要这种亲密又危险的关系。

要好的女友发来短信说她要离开这座城。近日她受颈椎折磨日日扎针，我们约在一间杂粮食府见面，一边喝小米酿的米酒，一边聊天。我们说了因诗相识的那些青春岁月里认识的人和爱情，以及因爱而生的悲剧。那些旧识的人的悲剧在今天重提仍然是让人难过的。谁不是在错误中，在爱了又爱里成长的呢！

她说她这个年纪要在另一个城市重新开始，有一点老人搬家的凄凉感呢！我忘了是从什么时候开始，好像是从我三十岁生日开始，我们忽然变得轻易就对岁月妥协，认老服输了。我一直记得那天是她第一次在我面前说老。那天下了很大的雨，我们在二环上的一家茶室喝茶，她捧了很大一束向日葵送我，引得路人一片惊羡目光。见多了玫瑰、康乃馨与百合的人，很难想到有人会给另一个人送向日葵的。

村上春树说，女人都是从对方眼睛里的那面镜子里看见了自己的衰老。

她那天在自己的博客里伤感地说，看到抱着向日葵的我老了，她在我的脸上看到了同样老去的她。

我一直没有告诉她，我之所以不肯在电视上看她主持的节目，是因为我觉得她在电视上看着比现实中"苍老"。我特不喜欢用这两个字形容她，是因为她在我心里永远都是我二十岁时认识她那时的样子——素颜、直发，爱穿白裙子，像《大话西游》里的那个紫霞仙子。

我们又得重新回到写信的岁月。

还记得她写给我的第一封E-MAIL，她说在网上看自己说话，和看见石头说话一样。敲字速度还是很慢很慢，还是不太喜欢这样见人。但她迷恋用文字给我写信交流的感觉。

我保留了她所有写给我的信，建在一个文档里。

可是我却不肯再轻易打开看了。那些旧时的心情、秘密、爱或痛，都随着发出的邮件，释放、消逝了。

保留，只是因为我有以收集书信纪念岁月的习惯。文字是走进人心里世界的捷径，她曾经在写给我的一篇文章中说："姐妹住在灵魂里。"我们可以在女友的灵魂里找到别人看不到的那个自己。

她在走之前的那封信里说：不许忘了她。

我说好，这是我们之间的一个约定：说好了谁都不许忘。

曾经我们经历过不告而别，再聚时的珍惜，现在我们又要经历别离，但我们相信我们是永远不会随着对方的身份而改变的关系。我们彼此洞悉对方，都知我们是随着年龄怎样增长，怎样在外人面前认老，心里其实都是永远不想长大的孩子。

吃饭是件交换灵魂的事

无意在电视上听到一个人说:"吃饭是件交换灵魂的事。"我被这句话吓住了。

仔细想想又好像真是这样。秘密常常是在饭桌上被交换出去的。认识了A,就会知道B或者C的故事。虽然你根本就不认识B或C,但听久了在心里也会变成熟悉的人。而诉说者也不会因为泄露了秘密而内疚,因为秘密是对熟人保守的,对陌生人则不必要那么谨慎。人都需要出口,秘密也需要出口。

而了解一个人似乎都是从交换秘密、交换灵魂开始的。

当饭桌上没有了秘密,见面也就成了一件没有意义的事。

我几年前认识一个男子，当时正遇他婚姻的不如意期和我婚姻的平淡期。我需要一个异性朋友、一段干净的男女关系来打发寂寞的时光。于是有段时间常常见面，通常都是在饭桌上。我充当着陪客与聊客的角色。我们在饭桌上交换了彼此的爱情故事和婚姻故事。

我们之间没有新故事发生。因为不想把一段干净的男女关系，变成一种复杂的男女关系。

我是那种在爱里非常迟钝的女子，除非是对方挑明了关系，否则我是不会主动去猜人家心思的。

而一旦关系被挑明了，我一定会是那种拔腿就跑的人，是被爱吓跑的，连朋友都不要再做的那种人。

所幸我们之间什么都没有发生，感谢他没有喜欢过我。所以，我们可以继续做朋友。

有一天，我们之间的秘密终于没有了。

再见面，忽然发现连话题都没有了。吃饭居然成了件没有胃口、让人打瞌睡的事情。

大概都觉出了无聊和尴尬，所以很久都没有再见面，连联系都少了。

我现在终于可以理解这句话了，吃饭的确是件交换灵魂的事。它可以让了解的人因为太了解而重新选择彼此的关系，也可以让不了解的人因为熟知了彼此的灵魂而变得更亲密。

手表心情

一直有戴手表的习惯。

无论走到哪里,总是习惯抬起手腕看时间。常常有朋友觉得奇怪,现在戴表的人很少了,因为走到哪里都可以看见时间,手机也或电脑上都有时间显示。

我笑。改变一个长久以来养成的习惯是一件多么难的事。

偶尔忘戴手表,我立刻像丢了魂似的,浑身不自在,还是不自觉地抬起手腕看时间,一次又一次。

我现在手上的这块手表是两年前生日时,一个朋友送给我的。那时我刚刚丢了上一块手表。

和她认识很久了，闹过小小的别扭，也有过开心的回忆。有时也会彼此不喜欢对方的一些行为。我始终不了解她，就像她不了解我一样。可是，我们却做了一年又一年的朋友。

年初，她离开了这座城市。这是这些年，她为了所爱的人第二次离开。她走后很久，我都觉得她只是短暂地离开这座城，不久后又会重新出现在我的面前。

三月，我去她所在的那座风很大的城市，一起在深夜的王府井街上吃哈根达斯，一起去酒吧喝酒，窗外可以看见红红的灯笼和后海。

忽然，觉得伤感、想哭，却没有任何理由。

从她的那座城市回到我的这座城市时，我第一次真正地意识到她真的离开了我们有过6年共同回忆的城市了。有时会很想她，在阳光很好，或落雨的日子，但我从没有告诉过她我的想念。

一段感情，无论是友情还是爱情，都是在失去之后才知什么是珍贵的。像手表，你可以戴，也可以不戴；你可以爱，也可以不爱。每个人对不同的物和人会有不同的喜好和习惯。

人生是由很多的时间组成的，我们时常会在某一个时间失去一个人。手表会停，可以停在想念一个人的时刻；而时间不会停，一天24个小时，一年365天，它不会为任何人停下脚步。

我们唯一可以做的是和一个你牵挂的、失去联系的人打个电话，或是默默地祝福她在那座城市可以更美丽、更快乐地生活。

第二次机会

曾经读过一篇极短的小说,印象一直非常深刻,说是一个男子情已逝,伤心欲绝,打算从金门大桥往下跳。很巧,就在咫尺之外,一名女子也企图自杀。两人在半空中相遇,互相对望,瞬间迸出火花。也许这是真爱,他们心领神会,就在离水面三尺的地方。

初看,觉得很好笑。细想,竟慢慢地悲从心中来。

人的一生都在等待命运转折的那个机会。

只是有的人占尽天时地利人和的优势,抢先一步享有了成功的喜悦。而慢一步的人因为处于劣势,等待那个机会来临的时间,就显得尤其漫长。要不断地处在战胜自己的矛盾和痛苦中。因为坚韧的信心和持久的努力得到这个机会的人，会比别人更懂得失的珍贵。这是好的结果。坏的结果，是在马上就要得到机会垂青时，先放弃了自己的那个人。

人生并不是只有一次机会，最难得的是在失去第一次机会后，勇于认识自己的弱点，寻找第二次机会的人。

要知道机会永远不会来找你，而是你去寻求它。

人有时不到绝境，不退到最坏处，是不会看到希望的。无路可退才是人生最好的转机，因为此时会比任何的时候都清醒，理智地发现自己的另一条出路，寻找到自己的第二次机会。

没有比放弃自己的生命更傻的事了，活着就会有奇迹。

第二次机会永远在下一个转弯处等着乐观的你。你还有理由放弃吗？

爱不完美的自己

她喜欢星巴克、靴子(她说靴子让她有脚踏实地的感觉)、购物、烹饪,也抽烟。

她喜欢表演,却从来没有梦想过自己有天会成为耀眼的电影明星。

她给杂志拍封面,杂志PS掉图片上她所有的缺点,把她呈现成一个完美的女人,得意洋洋地给她看,以为她会高兴,结果她愤怒了。她说这个完美的女人根本就不是我。她坚持要他们用未经修饰的照片。

她不希望那些为了追求完美过分挑剔自己的年轻女孩儿,被这些杂志和电影呈现出的关于她的"完美形象"深深地误导了。

就像她一生都忘不了那个参加《我想有张明星脸》的电视节目的女孩儿，因为长得像她。女孩儿在漫长的青春岁月里不断地整容，收藏了所有以她为封面的杂志，观看了她出演的所有影片。为了效仿她更像她，女孩甚至切除了自己的一部分胃。

她能想象出女孩经历了怎样的痛苦，不由得在电视机跟前痛哭了起来。

她说："如果这个一味追求想像我一样美的女孩儿走进我的寓所，我会叫女孩儿站在那儿不要动。然后我将衣服脱下，告诉她说：'这才是真实的我。我没有那样又翘又浑圆的臀部。我没有丰满又高耸的胸部。当你哺育过孩子，随着岁月的流逝，在地球引力的作用下，你的胸部会不断地下垂、松弛。这就是发生在女性身上的自然规律。我没有一个平坦的小腹。相反，我的臀部和大腿上堆积着大团的脂肪。'我很想大声说：'这才是真正的我！'真的，我并不是那样火辣的美丽女星。我根本就没有那样完美的身躯。"

她甚至要告诉女孩儿。十几岁的年纪，因为体重超重，其他女孩儿都叫她'鲸脂'，她们无情地取笑她、欺负她。唯一让她生存下去的方法就是把头低下来，继续做她的事。

她不想为了成功，让自己变得饥肠辘辘。多少年过去了她仍然是当初那个胖胖的女孩儿。

她十分清楚自己想做什么，不想做什么。她也清楚正是因为她一直在做自己，不否定自己，并坚持不懈地追求紧抓住属于自己的机会，她才会成功。

就像她永远难忘的1997年，如果不是她一次次不厌其烦地向大导演詹姆斯·卡梅隆寄上自荐书，信中还夹有玫瑰花，她根本就不会获得世纪之作《泰坦尼克号》中露丝这一经典的角色。

在好莱坞以骨感美人为主的绚烂女星中，人们记住了这个胖胖的率真女星凯特·温丝莱特。

她说："爱不完美的自己。"

其实"完美才不美。"没有什么东西完美到值得我们用生命坚持。生命正是因为这些不完美才显得更有意义和价值。不爱自己，成功也不爱你。

青苹香波拂过记忆的脸

年龄面前有两样东西无法说谎：一是白发，二是怀旧。

早些年，面对黑发中冒出的白发，我还有伤感失落之心。这几年，我已经完全和白发和平共处了。偶尔耐不住别人的善意劝说，也染染头发。因为过敏体质，我对染发剂是有惧怕之心的，只敢用纯植物的。纯植物的洗发水洗过之后不好上色，有天，我突发奇想改用肥皂洗头，肥皂在头上产生丰富的泡沫，被水洗去后涩涩的，那种感觉好像一下子把时光拉回到八十年代。

那时，我们都去公用澡堂。每周有一天，关系要好的同学都会约好等学校放学后，一起去父母所在的国营企业大澡堂洗澡。洗澡是要凭票的，父母不在国企的，没有票还享受不到这种优越感。那时大家都用肥皂洗头，肥皂洗过的头发没有一点光泽可言，用手摸过有种涩涩的粗糙的感觉。所以每次洗完头后，大家都会用一种叫头油的东西，用完之后头发总是香香腻腻的。大家没事在一起闲聊时还无奈地感慨："什么时候可以不用肥皂洗头啊。"然后，这一天终于来了。

有一天，妈妈神秘地带回一瓶绿色的苹果味洗发水，用过之后头发光滑柔顺，整个空气里都是好闻的苹果香。那是停留在我记忆里最好闻的洗发水的味道。

那之后，各种牌子的洗发水雨后春笋般冒出来。有奥妮啤酒香波、蜂花洗发护发产品，直到潘婷、飘柔这些大牌的出现，才让青苹香波彻底退出历史舞台。

如今，关于洗发水最初的记忆，很多人都是从蜂花开始的。我去同学群问谁还记得我们当年用过的那个绿瓶子的苹果味的洗发水，是不是叫青苹香波，只有一个女同学还有印象。我在网上搜索青苹香波的图片已经找不到，唯一还能唤醒记忆的只有奥妮啤酒香波的图片了。

人就是这样，通过一个物件，把记忆里走远的情怀再度拉近，在骨感的现实面前怀念曾经遗失的美好。所谓怀旧，其实就是人再也得不到、回不去的时候让回忆去办到。

完美母女关系的秘密

周末,和家人吃完饭喝茶闲聊,无意中说起童年时候的事。

我们这代的孩子是放养着长大的,父母在教育孩子上花的工夫并不多。物质的贫乏、工作的压力,再加上上有老下有小的烦恼,让他们把吃饱穿暖当成养育孩子的重心。没有哪个父母会细腻到还去关心孩子的情感需要或心理需求。

常常是父母一上班,我们这些没大人看管的孩子就形成一个朋友圈,每天奔跑在"希望"的田野上,拾麦穗,挖野菜,拔果子,下雨的时候手拉着手在泥地里踩泥浆,雨停时在松软的土地上拿小刀玩过"扎刀"分地的游戏。被马蜂蜇过，被农院看家的狗追过，在傍晚的时候采摘过一大把色泽艳丽的毒蘑菇回家，吓得我妈一身冷汗，还觉得自己帮家里干了件轰轰烈烈的大事。

我们这代的孩子在没有上学前都经历过这样"原生态"的童年生活。直到上学，这种轻松自由的惬意生活才戛然而止。

首先是朋友圈没有了。那时住房都是父母单位分配，他们在国企，我们之前住在单位为缓解住房紧张临时盖的平房，现在大家都回到了由外国人盖的老式楼房。两家公用一个单元，一家四口挤在一间屋子，两家公用一个厨房，一个厕所。

住房的局促，加上一家四口挤在一间屋子滋生出的亲情上的小摩擦、小误解和小伤害，让我从一个"孩子王"变成一个自我封闭的人。

好像是从那时开始，我变得不爱说话，不喜欢与人交往，不喜欢去人多的地方，尤其是学校。我变得越来越爱生病。一个常常不舒服，害得父母常常请假带着去看病，又常常查不出任何问题的孩子，应该是挺不讨父母喜欢的。

现在看来，那时的我根本是个"心里生病"的孩子。

因为感觉不到存在的快乐感。

后来，我就一本接一本地看书。那时，父亲在工会工作，工会是管理图书馆的，我用父母的借书证把能看的好看的书几乎看遍了。

有一年，大概是我初中的时候了吧，我看了琼瑶的书《窗外》。对江雁容采取的自杀行动，是非常佩服的。觉得死亡是唯一能被父母重视的一种行为。江雁容不也是吞服了安眠药，才让母亲意识到，她所亏欠和隐藏的母爱吗？我也曾试图用死亡引起妈妈对我的重视。妈妈发现后特别难过，她紧紧抱着我哭泣，说这世上没有父母不爱自己的孩子。

那之后，我和妈妈的感情忽然就升温了，无论什么事情她都站在我这边，一下子成了亲密的母女联盟。

都说这世上唯一不变的真爱是父母之爱。

没有父母不爱自己的子女，只是方式方法不同，产生的爱的效果也不同。每个妈妈都是在自己妈妈身上发现那些自己不喜欢的地方，然后在自己做妈妈后改掉，希望自己的女儿比自己快乐幸福。我的妈妈是这样，我也是这样。

可是，我的女儿在听了我们的谈话后，忽然难过了，原本在低头看手机以为没听我们说话的她忽然说："我可心疼我妈，她童年都不开心。"说完紧紧地给了我一个拥抱。

这话，一直在我心里，柔软地让我觉得暖暖的又有点疼。

我很庆幸有这样一个女儿，我把她当宝贝养，她把我当朋友看，我们手牵着手陪伴着对方度过生命中最重要、最快乐的时光。

我也很庆幸做妈妈的女儿，感谢她让我有什么重要的事都想先与她分享，感谢她在爸爸离开后一直那么乐观自信地生活，感谢她说她活得好、照顾好自己就是不给子女添乱。希望她开开心心、健健康康地，随时可以有说走就走的旅行，在世界各地留下她快乐的足迹。

我们的泡泡糖年代

看了一个笑话,笑了好久。

"小时候发小拿泡泡糖来我家,我以为是糖就咽了。后来知道是泡泡糖,我哭着说会死人。发小抿了抿嘴一口气把泡泡糖咽了,说要死一起死。我俩就坐院子里的板凳上等死。发小说他困了想睡觉,我觉得他快死了,我抽了他几个嘴巴告诉他不能睡,不然醒不来了。后来我也有困意了。然后我俩就互相抽大嘴巴子……"

好像觉得咽下泡泡糖会死,只有我们那个年代的人才会这么觉得吧。

记忆中吃过的第一个泡泡糖,是一个长条形的,蜡纸包的,一半红一半白,有一个扎蝴蝶结的小女孩儿在吹泡泡，上海产的，5分钱一个。

直到现在我都觉得没有任何一个泡泡糖或口香糖再能带给我当时吃的那种幸福口感。

那种甜蜜的刺激味蕾的滋味，长久回味在舌尖的甜味，常常让人有想吞下去的贪念。当初可能有这样想法的孩子不止我一个，后来不知是谁先说起的，咽下泡泡糖会死，因为泡泡糖不能溶解，会黏连肠道致死。

这个说法还真是威慑到我们那些第一次尝试泡泡糖的孩子们。从此以后，我们吃泡泡糖格外小心，总是在嚼尽那糖的甜味，享受过吹起的泡泡在脸上"啪"的一声吹破后黏的一脸的快感后，迅速吐掉。我记得班里有些调皮的男孩子，会把吐出来的泡泡糖拿在手里玩很久，玩得黑黑的，拉成丝，捏成球，碾成条。

很多年过去了，泡泡糖的种类越来越多，有风靡一时的大大泡泡糖、好看的西瓜泡泡糖，再然后就是提倡清新口气的口香糖扑面而来。

后来有了女儿，她第一次吃口香糖时，那种开心惊奇的表情和我当年一样。我再三提醒她，嚼完甜味就吐出来千万不能咽下去。因为是她第一次吃口香糖，我特别紧张，生怕她记不住我的提醒，一直盯着她的嘴巴，可能就是我转个身帮她去拿了个什么东西的瞬间，再回头，发现她的嘴巴不动了。我立刻慌了，忙问她口香糖呢？她说太好吃了，嚼着嚼着不知怎么的就咽了。

这可把我吓坏了。忙给亲朋好友打电话求助，他们都说没事。后来，我又查了度娘，好像真的没有咽下口香糖会死的说法。

那么，吓了我们这代人这么多年的这个说法到底当初是谁流传出来的?

这个笑话，好像让我穿越回童年，回到我快乐的泡泡糖年代。留在记忆中的味蕾永远不会消失。

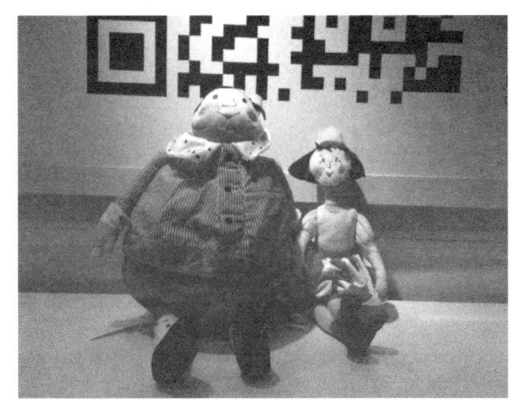

真正的母爱，是一场得体的退出

我一直称呼她为"这孩子"。

虽然她已结婚多年，刚刚做了妈妈，可在我眼里她好像始终没长大。

每次见面，她都是一副刚刚和妈妈爆发过一场激烈情感战争后心力憔悴的模样。这些生活中鸡毛蒜皮的小事像不定时炸弹，不知什么时候会引爆。她天天活得小心翼翼，不知自己究竟受多少伤才能无视痛苦。

最新引起战争的原因是在闲聊中发生的。她妈妈说她家里的一个亲戚从小富养自己的女儿，让女儿上最好的学校，接受最好的教育，找最好的老公。她说富养的女孩儿本来就比穷养的女孩儿有自信有优势，不像她从小就生活在懦弱自卑中，以致长大到了恋爱阶段，看见优秀的男孩追自己，第一反应居然是拔腿就跑。她之所以选择现在的老公，就是因为他是当初追求自己的男孩儿里条件最不理想，但最执着、最爱她、最让她有安全感的一个人。

她妈妈本来就对她老公诸般不满意，这下情绪炸弹彻底引爆……

真正能伤人心的都是最亲的人。

她是家里的独生女。每天同父母通一个电话，无论婚前还是婚后都保持这样一个习惯，婚后每年有半年父母和她同住。现在有了孩子后，父母更是一刻不离地和她生活在一起，照顾她和她的孩子。久而久之日子就过成了好像只有她老公是外人似的。原本夫妻之间那些拖拖再干不算什么的小事，到了她妈妈这里就成了大事。她老公的缺点天天被拿在放大镜下看。母亲因为疲惫发的那些顺理成章的脾气，让家里一直持续处于低气压状态。有时，她想干脆离了算了。这样她妈妈就再也不会没完没了地抱怨。可光这样想想，她都难过得不行。她跟了他十几年，落了一身病，就得了个娃。她还是很爱她老公的，人老实嘴笨，虽然有点懒，但是该干的活只要让他干，撸起袖子就去干。关键是他特把她当回事，家里什么事都让她做主，让往东不敢往西。知道丈母娘不喜欢自己，为了不让自己老婆难堪，天天工作到很晚，除了周末几乎不在家吃饭，就怕丈母娘受累心情不好又跟自己老婆丢情绪炸弹。平时老加班又怕自己老婆不放心，为了证明自己的工作状态，常常在晚归的夜晚发张和同事在一起工作照。得多爱一个女人才能容忍明知丈母娘不喜欢自己还要装作不知道的委屈！

在我看来，他们就是平凡恩爱又让人羡慕的小夫妻啊。只是和她母亲同住后，她过得不再是婚姻生活，还是娘家生活。她的婚姻一直不是她做主，而是她母亲做主。她一味迁就母亲，顺着母亲，什么都是她妈妈说了算，还是无法停止这种无休无止的争吵和伤害。她跟我说，有时她真想从楼上跳下去……

她说这话，我听着很难过。我见过她的妈妈，她妈妈每次见我都会掉好多眼泪。她说她曾经为了给上学的女儿做午饭，被车撞过。她从摔倒的地上爬起来做得第一件事不是去医院，而是赶回家给自己的孩子做饭。现在女儿有了孩子她整日整夜地抱着，整宿整宿不能睡觉。她捶着自己发疼的胸口哭着说，她就是把心掏出来，女儿也看不到她的好。

她妈妈是真爱她女儿，可是爱的方式不对。

偶然看到一篇文章叫《作为你的妈妈，我该退出了》。说得也是一个妈妈，在儿子婚后当了"二十四孝"婆婆，天天跑到儿子家开心地干这儿干那儿。有天儿子家换了新锁，很久没有给她钥匙，她挺纳闷。后来儿子偷偷给了她一把新钥匙，被儿媳发现了。她去儿子家时，听见儿媳正和儿子吵架，说她儿子没断奶，她更像个摄像头似的天天盯着他们……

她委屈又心塞，那时，她才明白："真正的母爱，是一场得体的退出。"

文章中引用了北大才女赵捷说得一段话，我觉得说得特别好：

"我钦佩一种父母，她们在孩子年幼时给予强烈的亲密，又在孩子长大后学会得体的退出，照顾和分离都是父母在孩子身上必须完成的任务。亲子关系不是一种恒久的占有，而是生命中一场深厚的缘分，我们既不能使孩子感到童年贫瘠，又不能让孩子觉得成年窒息。做父母，是一场心胸和智慧的远行。"

对于某个人，你是她的整个世界

看到这条"中国女留学生在日本被杀"的新闻时很吃惊。

去年夏天我刚刚去过日本，日本的治安很好，街上连警察都很少看到。中国留学生在日本打工可能真的很辛苦，像我们这次在日本的小张导游，她的故事传奇得都可以拍成电影了，但治安还是基本无忧的。到底是什么原因引发的这场悲剧呢？

后来就看到被害女孩妈妈像疯了一样，一直在转发各个大V的微博，请他们发动所有留学生督促警方破案。

她是单亲妈妈，经历过一次失败的婚姻，家人亲戚都瞧不起她，她们母女相依为命，互以对方为傲，她凭借一己之力将女儿送出国读书，最后孩子却死在异国他乡。

接到大使馆的电话后，这个无助的妈妈连发十八条微博后来到日本。

她终于见到了女儿。昔日活泼可爱的女儿就那么僵硬地躺在她的面前，身上喉咙到处都是刀伤。

女儿是个人际交往简单、乐于助人、人缘很好的女孩。本来自己住在东京中野，后来她的同学和男朋友分手搬来和她同住。同学的前男友前来骚扰，她当晚回家时，在门口碰见凶手。屋里的女同学听见门口有争吵和敲门声，等女同学打开门，她已经躺在血泊中。凶手逃走，直到现在还没有抓获。她妈妈初步怀疑凶手就是和女儿同住的女同学的前男友。

女孩儿的妈妈说，她很后悔，女儿走的那天，她没有给自己的宝贝一个拥抱，很后悔女儿临走又让她不高兴，因为女儿怪她又花钱。

人生的很多告别都是突如其来的。想做的事情不要等到下次再做，想说的话不要等到下次再说，想爱的人不要等到下辈子再爱。

有时，保护好自己，是对爱自己的人最好的回报。做人善良也要设个安全底线，不要试图插足别人的不幸，因为人最终可以解决的都是自己的问题而不是别人的问题。

对于世界而言你是一个人，但对于某个人，你是她的整个世界。

人生就不需要什么答案

去年圣诞节那天早上,笑笑走了,看到这条消息时心里特别难过。她应该想不到她还在重症监护室抢救时,她的爸爸和这个世界发生了怎样的一场关于人性的没有硝烟的战争。

在跟死神搏斗了很多个夜晚之后她走了,这个叫笑笑的女孩让我想起我家那个十九岁的少年。

那年,他都快高考了,有一次打篮球忽然鼻血止不住地流,去医院一查,竟然得了再生障碍性贫血。

我去北京看他。躺在病床上的他脸上始终挂着乐观的笑,看不出一点儿悲观。他和我说很多的话，教我如何用手顶起二人转里旋转的手绢。

他管我叫舅妈，其实我只比他大十岁。更多的时候，我把他当朋友。每次去北京，我都住在他家，他陪我去过颐和园，给我拍过很多照片，和我一起吃过涮羊肉，和我一起聊过文学，聊过八卦。

我从来没想过这个阳光健康的男孩儿有一天要和死神殊死搏斗。

也许是见不得关心爱他的亲人伤心，他一直那么懂事，总是用他温暖的笑把你要流出眼眶的泪逼回去。

他总说他没事他很好。他住院的那段时间给我写了很多封E-Mail，告诉我他用望远镜看初春街头穿着短裙的长腿美女，讲他如何受美女护士的欢迎，因为他讲的笑话常常逗得她们咯咯地笑。还讲他们班的同学每次来看他，几十人都齐刷刷地站在楼下仰望他的窗口，对他微笑挥手祝福他早日康复重回校园。

我忘了我们到底写了多少封信。那一年的时间，我们好像变成了不能见面的笔友。他说近来闲着无聊，忽然想看《麦田守望者》，于是我寄了很多书给他。

有段时间他的信没有以前写得那么频繁了，他解释说是为了让我少用点电脑，那时我刚好怀了宝宝，他怕电脑有辐射对我的孩子不好。我说没事，我有一个厚厚的靠垫挡在电脑前，辐射绝对穿不透。

后来的后来，女儿出生后，他给我打了一个电话，恭喜我做了妈妈，也高兴他多了个妹妹。只是他不知道他能不能见到他这个漂亮的妹妹了。

那是第一次我听出了他语气里的悲观。

我安慰他，一定会好起来，将来出院了来西安看妹妹。

他说好。可是仅仅过了两个月，他就病危了。他妈妈说他撑不下去了。我特别想去北京见他最后一面。可是女儿只有两个月，离不开妈妈。

他还是走了。都说他临走前好像一直在等谁，闭上眼时，有一行清澈的泪从他脸上滑落。

我特别难过，因为没有见到他最后一面，这成了我心里一直挥之不去的长久的遗憾。

几个月后,我打开邮箱,收到他写给我的最后一封信。他说一直以来他其实都特别害怕,怕黑夜,很多个夜晚他都不敢睡觉,因为害怕一睁眼就看不到明天。信里满是对死亡的恐惧、绝望和痛苦。

他走后,我还是没事会看看他以前写给我的那些信。

然后,有天我新换的电脑忽然坏了。我买的那个硬盘那个批号出了故障,厂家承诺给换个新的。硬盘对我们这些写字的人来说那完全就是灵魂,硬盘坏了意味着我所有的稿子和存档全部没有了。我不要新硬盘,我要恢复我硬盘里的数据。厂家答应试试,但最后还是抱歉地寄回一个新硬盘。说他们尽了最大的努力了,终究是恢复不回去了。

我所有的文章,还有他给我写的那么多封信的存档全部没有了。我崩溃地痛哭起来,吓坏了我家另一个管我叫舅妈的男孩儿。他特别内疚,觉得是他没有帮我买好电脑。

我明白,这都是命运中冥冥的安排。也许是他想要大家忘记他,不要再想着他难过。就像他生病住院一直用的那个笔记本电脑,他走后也坏掉了,再也打不开了。

今天是个特殊的日子,我一直想给他写点什么,这个叫笑笑的女孩,让我想起了我家那个走了十四年的十九岁的少年,愿他在天堂一切安好。

对不起,谁也没有时光机器

女儿放学回家情绪不高地说:她和她最好的闺蜜"掰"了。

这两个孩子从上初中开始就好得跟"连体婴"似的,彼此就好像是对方的影子,每天有分享不完的秘密,说不完的话。白天在学校说,晚上回家用QQ说。

可是就是这两个孩子的像煮沸了水的沸腾情谊,忽然瞬间冷却。

女儿说,她忽然就不理她了,一个人忧伤地沉浸在自己的世界里。同学调侃着说,没有女儿陪伴的她,像个孤独的"空巢老人"。

我说没问下原因。女儿问了,她就是不开口。女儿也是有自尊心的,所以也不再理她。那个下午，她们就像被分隔在世界的两个角落。

一直以来我最不希望在女儿身上发生的事情还是发生了。我经受过失去友情的疼，那疼就好比落在心里的沙粒，以为被无声的岁月覆盖，没想到它时不时还是会冒出来刺痛你一下。证明有个人曾经在你心里占据过很重要的一个位置。你以为她一辈子都会在那儿，没想到有一天那里会空空荡荡，像拔掉一颗智齿。那已经是长在生命里的一部分，有过包容和磨合，以为一辈子可以和平共处，没想到有一天会耐不住那疼，忍痛拔了。伤口愈合之后，那里却留下一个怎么也填不上的寂寞黑洞。

经营一段友情远比想象中要付出得多。一定要有一个人比另一个人更懂得迁就，包容和珍惜；一定要有一个人主动走向另一个人。

我希望那个人是我的女儿。

我跟女儿说："你认识她时就知道，她从小是个敏感孤独的孩子，父母离异后，她一直跟着爸爸生活。后来爸爸再婚，她和后妈之间虽然经常会有'战事'发生，但是她的生活起居后妈还是一直称职地照料着的。虽然她一直很烦后妈对她管这管那的，可是今年夏天她后妈忽然查出患了癌症，一个手术之后就走了，家里完全变样了。父亲经常出差，虽然奶奶常常来给她做饭陪她，但更多的时候她都是自己一个人。一个人学习，一个人把偶尔酒醉的爸爸扶进家，一个人突然就觉得自己长大了。"

她现在最需要的是暖暖的友情。

所以，我不希望女儿因为心底那点小小的傲气，而伤害了这个一提起就让人心疼的孩子。

女儿答应我第二天主动找她和好。

可是，当天晚上她就主动找女儿了。她说她得了轻度的抑郁症。如果下次她再这样突然又谁也不想理了，只想自己一个人待着的时候，希望女儿不要和她生气。这周末她可能会去看心理医生了。

女儿跟我这么说的时候，我的心里特别难过，真是太心疼这个孩子了。我也是做母亲的人，明白在女儿的成长过程中，母亲扮演着多么重要的心理抚慰的角色。即使父亲再爱自己的女儿，也无法替代母亲可以抚平女儿内心伤痛的那种温暖的力量。真希望她的母亲，可以多陪陪青春期的女儿，在她受挫、在她孤独、在她最需要保护的时候可以在她身边。

也希望女儿用自己友情的力量，陪她走出这段黑暗的日子，迎来阳光照亮心灵的日子。谁也没有时光机，那我们就做自己的时光机吧。

人的一生，好像要经历三次失恋

女友从新西兰回来后心情一直很低落，她说她忽然找不到归属感和价值感了。

一个人在新西兰酒店睡三张床时，她觉得特别孤独，特想念在国内的女儿。可是，当她坐十几个小时飞机飞回来，看到女儿见她格外平静，丝毫没有她想象中的那种多日不见的思念感。她的心忽然有种被刺痛的感觉。她说那种感觉那种痛就像失恋了一样。她的心好像一下子被掏空了。

原本，今年9月，女儿和她应该在新西兰。女儿在那儿读高中，她去陪读半年。所有的一切都准备好了，学校联系好了，她半年的陪读时间在单位安排好了，甚至飞机票都买好了。为了女儿的前途，她豁出了一切。可是，全家都反对，没有人同意一个十五岁的女孩儿在异国他乡独自度过三年的高中时光。虽然，她能陪读半年，可是半年之后呢，她要回国上班，而新西兰学校下午三点就放学了，作业又特别少，没有自控力的女儿一个人如何在寄宿家庭熬过那孤独的时光。

女儿自己也说，没有妈妈陪伴的国外生活，她没有信心自己可以处理得好。

考虑再三，她们最终放弃了国外读书的计划。

后来看《小别离》，她哭得稀里哗啦。说幸亏没送女儿出国读书，不然她就得忍受这肝肠寸断的"小别离"。

她女儿在国内一所普通高中上了学。

因为她的机票不能再改签，她一个人飞去了新西兰。那里蓝得透彻的天，随处像明信片的风景，清新的空气，哥特式建筑的教堂，以及每天都像走在花的王国的国家，使她每到一处都想紧紧牵着女儿的手，和她一起走过。

她是那么那么爱她的女儿，可是她不知道从什么时候开始，她和女儿的心越来越远。曾经那个天天腻着她、怎么爱都爱不够她的女儿，现在不喜欢听她说教，不喜欢和她谈心，不喜欢她进自己的房间，经常用一道关着的门把她阻隔在家的两端。她在屋外伤心，女儿在屋内独自面对成长的烦恼。

女儿越来越忽视她、不在乎她。

她想叛逆期的孩子都是这样吧。过了初中三年，到高中她应该就懂事，理解她了。

忍了三年，好不容易等女儿上了高一，她发现女儿的叛逆期不但没有结束的迹象，好像还越来越漫长了。女儿说，她和她同学们都特别讨厌他们这些家长。

为了找回自己的存在感，她装过病，离家出走过，以为女儿会以此重视她。可是，她装病的时候，女儿说别装了，她身体一向健壮，是根本不会倒下的女铁人。她离家出走的时候，女儿一个电话都没有给她打过，还给她爸打电话，说别惯出她的毛病来，该回来时她自己会回来，而且想也能想到她离家出走能去的地方，无非就是她同学家。留女儿一个人在家度过漫长的黑夜时，她心慌得不行。两天后，她忍受不了煎熬回到家，发现女儿没有她日子过得还挺滋润，饿了叫外卖，该干什么干什么，一点儿也没为她担过心。

她是真的伤了心。她和老公分隔两地，他一周回来一次，这么多年都是她一个人扛起整个家，像个坚不可摧的女战士。为了给女儿更好的生活，很多年来，她都身兼两职，在学校教书，在杂志社做编辑，我们就是在杂志社时成为好朋友的。后来，杂志社不景气，我们分别离职了。她回学校继续当老师。这些年为了女儿上学的问题操碎了心，一直在搬家，女儿在哪儿上学，她的家就搬到哪儿。比起同龄人，她觉得她给女儿的生活已经算是优越的了。可是，和她在新西兰朋友的家庭相比，女儿说自己活得就像个低保户。无论她怎么做，女儿好像都不满意。

她再也走不进女儿的心里。和女儿这种类似失恋的疼痛感、疏远感，让她很想逃离，再买张飞机票飞回新西兰。如果没有人爱她需要她，她何不如在一个自己喜欢的国家孤独到老。

我说，我完全理解她的心情、她的委屈、她的失落。

人的一生，好像要经历三次失恋：一次是和真正爱人的告别，一次是和最好朋友的告别，一次是和自己孩子爱的告别。

其中最痛最不舍的就是和自己孩子的那场爱的告别。

这一天，我们或早或迟都要面对。

当孩子摆脱了对父母的情感依赖，有了自己独立的精神王国和朋友圈，我们唯一也必须要做的就是不要用爱"囚禁"他们，学会理智地"分离"，给他们自由的同时，也找回那个因为孩子而失去的自我。

龙应台在《目送》中说，父母儿女就是一场背影渐行渐远的修行。"你站立在小路的这一端，看着他逐渐消失在小路转弯的地方，而且，他用背影告诉你：不必追……"

宋丹丹曾经写给儿子巴图一封信，让我十分感动和钦佩。

她写到："没有孩子天天愿意跟爸爸妈妈在一起，孩子当然愿意跟年轻人在一起，所以我说，巴图，你如果不是真的想我，千万不要给我打电话，你妈自己玩得挺好，呵呵。你好好自己玩，如果你真的想我了，你可以给我打电话。"

如果有这么一天，我们要不舍地放开自己爱的孩子的手，让他独自走自己的路，愿我们活得如宋丹丹这般聪明又通透。爱他但不束缚他，关心但并不打扰他，当他真正需要我们的时候，只要让孩子知道，我们一直都在这里，爱着他就好。

童年中的过年

和很久不见的朋友逛街,给两个小孩儿买过年穿的衣服。看她们试穿后,拎着精美的购物袋美美哒的心情。我和朋友不由得感慨,现在的小孩真幸福,都是在商场买的品牌服装。想当初我们过年时,都是妈妈扯一块花布给做一件新衣裳,衣裳的唯一亮点就是扣子。妈妈做衣裳时总会买回许多漂亮的扣子,我可以提前挑选出五六个自己喜欢的。那时的女孩儿穿得都是差不多花色的衣裳,唯一可以炫耀的就是缝在衣服上的各种不同花样的像"宝石"一样好看的扣子。

我记得有一次,我妈让我初一再穿新衣裳,我老大的不高兴,说别的孩子都大年三十穿呢,为什么不让我穿。我固执地穿着新衣裳下楼和爸爸、弟弟去放炮了。我弟胆大，什么炮都敢放。我是因为见过父亲的一个同事被炮炸瞎过一只眼睛，死活不敢放。我爸只好给我买最没技术含量的"鸭子把蛋"烟花，就那烟花点燃喷出火花的那一刻，我感觉心都提到了嗓子眼，心跳加速得厉害。那时过年，我最喜欢别人放一种射到空中会降落很多各种彩色的犹如降落伞式的烟花，每到这时小孩儿都会一窝蜂地奔去抢"降落伞"。我不记得哪个孩子在这时放了一个"窜天猴"，那炮刚好打在我衣服上，把我的新衣服烧了个洞，让我哭哭啼啼地回了家。我妈哭笑不得地给我衣服缝了个补丁，那一年我就是穿了一件那样的有"补丁"的衣服过的春节，每逢有人问，我就给人解释是"炮崩的"。

那真的是我记忆里关于过年穿新衣裳最深刻的印象。

后来，再过年，妈妈们就不再扯布做花衣裳了，而是带着孩子们去康复路买衣服。第一次去，觉得挺新鲜，头一次见那么多卖衣服的，一家挨着一家，每家的架子上都挂着那么多我们没见过款式的新颖衣服，那时的康复路真是西安的"盛世"，衣服挨着衣服，人挨着人，几乎都是挪步前行，没两三个小时就别想挤出来。

我记得有次我妈看上一件花衣服说好看想买给我，我没看上，总觉得还没转多少摊位，一定还有比这更好看的衣服，所以不要。等转到我看上的衣服，我妈准备掏钱买时，才发现口袋被人用刀片割破，钱包早都被人偷走了。我妈坚持说她看上那件花衣服时钱包还在，现在新衣服没买成，钱也没了。

再后来大家都开始跑骡马市买衣服，觉得那儿的衣服更流行、更年轻。我清楚记得那年大家都在骡马市买衣服时，我妈突然做了一个让我想不到的决定，她跑到当时刚开业不久的民生商场给我买了一件当时特时髦的红棉袄，花了她二三百大元呢，我妈一向过日子勤俭，可当时她居然说了让我至今想起仍感动的话。她说她的女儿还从来没有穿过一件像样的好衣服，所以花再多的钱给我买新衣服她也不心疼。我真的很喜欢那件棉袄，穿了很多年，直到工作后还穿了两年，因为那件棉袄藏着我妈对我的爱，所以我特珍惜。本来想留着做个纪念的，可这些年搬了不少次家，那棉袄不知道哪次搬着搬着就丢了。

工作后，不再是孩子了，对过年穿新衣服也没什么渴望了，总是平时转街时看到喜欢的就随时买了。对新衣服还渴望盼望的就只有我家孩子了。我变成了和当年我妈一样的母亲，为了弥补以前那个物质匮乏的年代没有穿过漂亮衣服的遗憾，我都在自己孩子身上实现了。

以前过年前夕总呈现一副"兵荒马乱"的状态，要抢着买这买那，给过年储备"战略物资"，否则就要饿肚子。我记得那时干什么都要排队，买米买面买油买菜，每买一样都要排几十人的长队。我是我家的排队主力军，常常是我在粮店排一两个小时的队，我爸妈就踏着节点来了，把米面驮在自行车上运回去。

那时过年买菜要跑到城里的炭市街，我跟我妈分工排队买菜，那时买什么都限定数量的。有次我在买青椒的四五十人队伍刚刚排到跟前，我妈跟我说让我再排一次队，给我姥姥也买一份。我一回头，后面又排了四五十人，我内心的崩溃我妈可能都不知道。

从那时起，我就有过年焦虑症，怕排队买年货，一看人多我就心慌烦躁。好在排队限量采购年货的时代终于过去了。现在有全年无休的超市，想买什么随时都可以买，再也没有那种焦躁的恐慌心态了。

现在的我就希望过年可以把心情放松下来，没有疯狂的大采购，也没有累得直不起腰的大扫除，像平时一样准备简单的饭菜，来次说走就走的短途旅行，好好享受一个假期，这已足够了。

夫妻做不成功，努力学习做成功的父母

很多人看《中国式关系》都觉得马小驿这孩子好像挺没心没肺的。她放学回家看到亲爹和亲妈以及妈妈的出轨对象在吵架，第一反应不是生气、难过，反而嬉皮笑脸地说"你们就当做我没看见"。父母离婚后，马小驿看后爸的房子太糟糕，转头就去找亲爹，联手姥姥把亲爹赶出了家。亲爹失业又失钱时，她拿走他身上仅有的钱，买了可以在同学面前炫耀的iWatch，她周旋在亲爹和后爸之间，只想在他们身上捞好处。很多人讨厌这个虚荣任性的女孩，可我看着这个女孩却觉得她才是受伤最深、最令人心疼的人。

她一直在用自己的不在乎来掩饰自己的在乎。她一直在用物质填补她心里那个空虚的怎么也填不满的黑洞。她一直在用炫耀的方式引起大家的注意和重视。后来她想用早恋终结自己的孤单，结果失恋让她更痛更寂寞。好在亲爹及时发现，做了她情感的拐杖。

后来她经历家庭的再次变故，后爸被抓，妈妈伤心欲绝，在安慰脆弱无助的姥姥时，这个孩子说了一段活得特通透的话："我不希望像我妈一样困在感情里，也不希望像您一样困在自己的饭碗里，甚至也不希望像我爸那样，到了不惑才开始清醒，我要活出我自己的道道来。"

生活中像马小驿这样看似冷漠叛逆，实则内心强大独立有主见的孩子并不多见。父母离异给孩子造成的心理阴影面积，常常是最容易被忽视的。父母常常在情感上简单粗暴地认为，孩子无论跟谁，都有人养，有人照顾。孩子在离婚问题上真的不算什么。有的父母在离婚过程中，把人性中最丑陋的一面赤裸裸地展现在孩子面前。孩子看到这么难看的父母，内在的自卑不可避免地被诱发出来。有的孩子可能会表现孤僻不合群，有些孩子则出现较强的攻击性，内心充满了对父母、对自己的厌恶。

心理专家说："婚姻的失败，无论多么让人沮丧和不忿，请记得孩子正在看着、聆听着。即使婚姻完结，我们仍需感恩，因为它给你带来你最宝贵的孩子，单凭这点，我们就要珍惜、尊重、排除痛苦，重塑失婚后的精彩人生。夫妻做不成功，努力学习做成功的父母！"

音乐治愈了我所有的忧伤

大概一提到许巍,大家马上就会想到《夏洛特烦恼》里沈腾说的那句"许巍没有火,朴树也没有火,我要火了"的经典画面吧。

这些年许巍恨不能全世界看不见他,他不走红毯,不拍广告,不上综艺,拒绝领奖,除了音乐,他什么都不想暴露;除了歌声,他什么都不想被记住。

可是又仿佛只有他,只有他的歌声能陪我穿过幽暗的岁月,治愈所有的伤。

第一次听许巍的歌是在一个晚归的夜晚,我坐在中巴车靠窗的位置,外面下着雨,雨水沿着玻璃滑落,像行行的泪。我听到电台在播放许巍的《蓝莲花》。

那样直抵心灵忧伤又带点刺痛感的摇滚乐重重敲击在我的心上,使我一下迷恋上他那有故事的声音。

一下车,我就去音像店买了他的那张《时光·漫步》CD。

他的歌陪我度过生命中最彷徨的一段岁月。那时,我刚刚做了一本杂志的主编,接手那本杂志时它的销量已经滑至谷底。之前做这本杂志主编的是我的一个朋友,办这本杂志的艰辛我都看在眼里。她常常加班到深夜,不停地想创意,可即使这样努力,也没有挽回杂志的销量。看着印出的杂志卖不掉最后进了碎纸机,她在一次开会时趴在桌上哭了很久。后来,她辞职了,离开了这座城市,再也没有跟任何人联系过,完全屏蔽掉自己。令我没想到的是,总编居然任命我当这本杂志的主编。

我至今都记得那天的沉重心情。我没有信心保证我办的杂志能起死回生,也没办法保证离开一个我熟悉的工作环境,到一个全新陌生的环境,我能做得更好。

我永远都记得测绘A座的那间办公室,它在走廊的顶头,推开办公室的门,坐在靠窗的办公桌,可以看见窗外努力向上伸展的杨树。朋友辞职了,留下了四个曾和她并肩奋斗的编辑。她们一开始对我还是有些我能感觉到的来自陌生感的排斥。不知称呼我什么,就直呼其名,叫出口后又有些不好意思。她们管我叫什么好呢?我说什么都可以。她们说:"那我们叫你姐吧。"我说好啊。叫着叫着,她们又觉得别扭了,之后开始叫我"头儿"。这一叫就叫了很多年,以至于后来我们分开,她们还是这样亲切地称呼我。好像这样叫着,时光就会后退,一直退到我们天天朝夕相处、最苦又最爱的那段时光。

那时,为了办那本没有希望的杂志,真的是经历了最忧伤、最绝望的岁月。每天加班到很晚,一篇文章从标题,到配图排版,无不花费着我的精力,耗费着我的体力,让我随时有种快要撑不下去的感觉。每到这时,我就听许巍的歌,他的《时光》、他的《礼物》、他的《完美生活》……他的那些歌,常常在我耳边无限循环播放。

然后,有一天,许巍要来西安开演唱会了。

我把小小的天天腻着我的女儿托付给她爸爸。自己一个人跑去看他的演唱会。那时票便宜，我花了几十块就买到一张。进场的时候，碰到杂志社的两个男孩儿，我们平时话说得不多，可是因为许巍的演唱会，我们坐到了一块儿。那是第一次，一直活得拘谨紧张的我得到释放，我们跟着音乐一边放声跟着唱，一边挥手摇摆。在演唱会结束时，大声喊着"许巍"的名字让他返场。记忆中的我从来没有那么疯狂过。

也许是没见过我那么狂热过，也为了跟上我的节拍，我家的那个他也开始听许巍，甚至我女儿在家玩着玩着也能哼起许巍的《时光》和《蓝莲花》，全是受我的影响！

他的第二场演唱会，我带着好朋友还有我家的那两位一起去看的。女儿在演唱会挥着荧光棒，高兴地蹦蹦跳跳，一直问我许巍为什么不唱《蓝莲花》。我说那是要压轴才唱的。

很多年过去了，关于许巍的那场演唱会女儿早已经忘记，她对许巍的记忆也只剩下《夏洛特烦恼》里的那首《曾经的你》。比起许巍，她更爱听邓紫棋、薛之谦和郁可唯的歌。

很多年过去了，当年和我一起看演唱会的那两个男孩儿，还有我曾经的好朋友，现在都不联系了。我们曾在文字最鼎盛的时代相遇，留下过最美好的回忆，又在文字最悲哀的时代告别。我们曾经为杂志奉献过最好的青春、最美的年华，又在智能手机时代，看它像坐滑滑梯般无情跌落。

可能，真的用心付出过才会那么伤心。

所以杂志停刊后的一段时间，我和曾挚爱的文字有过一段伤感的小别离，很久都不愿再碰触文字。

而许巍，他这些年新歌越来越少。偶有新歌出来，我就看到有人说对现在的许巍很失望。觉得他现在的作品更关心宁静、安详，和谐，没了过去的幻想、苦难和绝望。

他的新歌《第三极》《灿烂》，还有《此时此刻》，透过音乐背后，我觉得现在的许巍活得更透彻明白，简单快乐。他还是那个我们喜欢的许巍，只是现在的他不再绝望忧伤。他更热爱旅行，跟相恋二十七年的老婆谈一场望不到尽头的恋爱。可能只有痛彻心扉地失去再重新得到，人才知道什么是对自己最重要，最想珍惜，最想守护的吧，就像他和太太的爱情。

他们是战友。婚后为了喜欢的音乐，他背着吉他去了北京，她留在西安。在北京寒冷饥饿的夜晚，他靠创作养不活自己的时候，是她一次又一次用自己的工资支撑着他的梦想。他总说，等他有了钱，就在北京买个大房子接她过来。可是在生存面前那纯洁的理想是那么脆弱不堪。他的音乐作品一直叫好不叫座。直到《那一年》后，许巍转运了。版税滚滚而来，商演邀请不断。他挣了300万，口袋里的钱还没有捂热，就被朋友源源不断地掏了出去。他最好的兄弟栾树在青岛结婚，打电话邀请他去参加婚礼。他连买机票的钱都凑不出来。一直觉得烟、酒、兄弟是自己行走的动力和支持，结果他被骗得一塌糊涂。他灰了心，沉迷烟酒，再也无心去做音乐，整天关在租来的房子里面醉生梦死，经常整整一个星期不出门。他患了重度抑郁症。

是她找了一辆车把他带回了故乡西安。

她不知道他的病什么时候能好，为了照顾他，她辞了职，带着他搬到了西郊的一处院落。

抑郁症患者需要经常与人沟通。

为了能让更多的人来陪陪他。她根据存在他手机里的电话号码，一个个联系他在北京的朋友，可是大多都推脱不愿意来。只有臧天朔说他会抽出半个月时间发动人来陪许巍。

三天后，臧天朔带着一车人来了，除了人还有一大堆乐器，把乐器在院子里面摆放到位，一声吆喝，大伙就操练开了。当架子鼓敲响的时候，他情不自禁地一抖。他的抑郁症状开始好转，当臧天朔把一把吉他塞到他手里，他一把紧紧抱住，再也不想松开。

他康复了。可他的记忆只停留在患抑郁症之前，他对生病后的日子没有任何记忆。

他又在家待不住了。他还是想去北京做音乐。她要跟着去照顾他。虽然他有些不情愿，但还是带上了她。他签了新的唱片公司，很快找到了以前摇滚青年的生活。几乎没在家吃过一顿饭，没有和她好好说过话。他甚至对她说出让她回西安的话。她忍着眼泪说自己下星期就走。直到臧天朔知道后，挥拳打醒他。他把当初在西安用DV拍的片子放给许巍看，把那段许巍遗忘，而妻子从未提及的时光讲述出来……

他泪流满面……

从此，他们牵着的手再也没有放开过。他为她写了《故乡》《灿烂》。他们一起去旅行，在西双版纳的野湖边，他带着他的音乐家当，奢侈地给飞鸟虫鱼树木野草开着大自然的演唱会。他抱着吉他对她唱：

孤独的岁月
庆幸能遇见你
在这薄情的世界
依然深情地活着
纵然是全世界
没有人再相信
我依然地深信深信
深信不疑

许巍说："人一辈子也就那么几十年，非常短暂，不如让自己从容一点儿。我总觉得人生就像一次旅行，生活每天都是风景，我喜欢顺其自然。"

我觉得这样真实、自然、平和的许巍在今天浮躁的乐坛是那么珍贵。他的音乐无论何时都有直抵人灵魂的力量，穿越过去，陪伴未来。

朋友说"再见"就怕好久不见

他说,只要给我一个舞台我就会一直演下去。

他说,如果皮囊难以修复,就用思想去填满它吧。

他说,刀枪不入不是因为你能抗,是因为伤疤又多又厚。

他养了五只性格各异的猫,这五只猫是一家子。他走哪儿都爱把它们带到哪儿,口袋里永远放着猫粮,开车时,看见路边有野猫,会马上停下来给它们撒把猫粮。

女儿说:"爱猫的人,爱天下所有的猫;爱狗的人,只爱他家的狗。"所以,胡歌是个有大爱的人。

胡歌之前，女儿没有喜欢过任何男明星。在她眼里小鲜肉"太娘"，老腊肉"太老"。她是从什么时候开始喜欢胡歌的呢？好像是《欢乐颂》后，脸盲症的她忽然决定挑战古装年度大戏《琅琊榜》，起初她是奔着刘涛去的，可看着看着她就喜欢上梅长苏了。之后她几乎看了胡歌所有令她感兴趣的作品《伪装者》《大好时光》《旋风十一人》，还看了他所有访谈节目。

关于胡歌，坦白说之前我既不喜欢也不讨厌。

有天，看到李静采访胡歌，他说他在开这么多年玩笑的过程里总结出一点：就是有时候吧，大家宁愿去相信不真实的东西，也不愿直面真实的东西。李静就给他讲了一段自己有点傻有点天真的经历，说那还是她上电影学院的时候，有一天有个司机拉着她们四五个女孩，说亚运村有棵树会说话，她们好奇地就去看，结果车开去的地方越来越黑，她有点认怂，让司机停下来，说管那树会说不会说话，她都不看了。

胡歌听完说，原来还是一个惊悚故事，他还以为那个故事的结尾是这样：唰，开到一个特别黑的地方，然后一下车看见朴树在那儿，真的会说话。

那一刻，老胡的幽默真是惊讶住我了。得多聪明一个人才能反应这么迅速，真是才思敏捷。

之后，女儿就彻底沦为他的"胡椒"，手机里的锁屏图片、聊天背景以及桌面都变成了她家老胡。天天在我耳边说着老胡的各种好，什么做人低调，不为名利追逐目标，即使在人气高峰期也不乱接作品，爱读书爱摄影有才华，是微博里的经典句子王。

我望着眼前这个一说起胡歌就两眼放光的孩子，实在不理解这些零零后小孩儿的疯狂。

然后有一天，这个天天在我耳边叽叽喳喳不停说话的孩子，忽然变得沉默了，她说她喜欢的明星我没有一个觉得好。可能是我伤了她的心，她知道她说的那些话我不感兴趣，所以她不再说。那段时间，她一回家就回房写作业，QQ和微信的消息声响个不停，她和同学语音聊天时开心地笑个不停。和我这个平时她最爱的妈妈反倒没有共同话题了。

在一阵小失落之后,我开始反思自己。原来在陪孩子成长的过程中,我们要和她在同一起跑线,共同成长。孩子需要的不只是生活上的物质关心,她更需要的是精神层面的交流。

得和孩子有共同爱好,才能和她有共同话题。我找了很多胡歌的资料看。

看到他说,俯首望去,看到自己的影子默默地躺在地上,它只拥有一种颜色,却让我看到久违的真实。

看到他说,和朋友说"再见"就怕好久不见,和亲人说"再见"就怕下辈子见,和讨厌的人说"再见"就怕抬头不见低头见,和恋人说"再见"就怕再见。

好像就是这句话打动到我。

我跟我家"胡椒"说:你家老胡确实挺有才。

她开心得像个小鸟一样转瞬又飞回我的天空,重新叽叽喳喳地说个不停。

金鹰颁奖礼,我陪她一起看。她家老胡上台领了两次奖。第一次他戴着老奶奶粉丝送给他的白围巾,双手递上送给老奶奶礼物——平板,他希望她再看他作品时用平板不要再用手机了,要保护好自己的眼睛。我家"胡椒"直呼,好想做那个老胡身边的老奶奶。第二次上台,他的获奖感言,感动了所有看过没看过这个颁奖典礼人的内心。让熟悉不熟悉他的人真心为他的人品和高情商点赞。

今年胡歌亮相春晚后宣布自己有即将出国进修的计划。

我家"胡椒"变得敏感又多愁善感,一说起胡歌就想掉眼泪的伤感样子,就像"失恋"一样,逗得我只想笑,我从来没想过现在零零后的小孩儿,追星如此执着。我们十几岁的时候喜欢一个明星不过是买买他们的贴片,把它们贴在自己的手抄歌本上面。如今我家"胡椒"天天泡在胡歌微吧,随时关注着胡歌的最新动态,手机里的大部分内存都被胡歌的照片占着。

现在的孩子喜欢谁都是大胆直白地表现出来,不像我们那时总是遮遮掩掩偷偷地喜欢着。

我家"胡椒"喜欢胡歌，可以把一部剧五六遍地刷，熟到下句台词是什么都能脱口而出。胡歌成了她青春路上的榜样，去书店买书买的都是哈佛情商、学英语的书。她说她家胡歌情商高、英语好，所以她也要做这样的人。榜样的力量真是不容忽视。

喜欢上胡歌后，我家十几岁的孩子忽然变成文艺青年，常常泡豆瓣、知乎，变得爱看书，尤其是纸质书，她说那样才有感觉。以前十分吃香的电子书现在好久不充电，已经被"雪藏"了。她变得爱看电影，爱写短影评，在朋友圈发了后大家都说她现在越来越有"妈妈的文字范儿"了。

虽然我从心里有点接受不了她追星的疯狂举止，但一个人在成长的路上如果因为一个人的精神引导能变得更好，何尝不是一件好事。

作为妈妈，我唯一可以做的就是陪伴理解她，和她找共同话题，不让她在精神上寂寞，成长的路上孤单。

没有人天生可以成为好父母，都是在和孩子相处中学习成长的。

胡歌说，朋友说"再见"就怕好久不见。父母和孩子也一样。

爱你苍老脸上的皱纹

其实一年中可以有很多的时候见到她。可是因为忙碌我们不是经常见面。即使想念也只是在电话中问候一下。节假日去她那里也是吃个饭就走了。因为还有更多的事要做，明明看到她眼里的留恋，还是轻轻关上门走了。

父亲刚去世的那几年春节，她常常一个人在家哭，说很孤独，上了年龄的人怎么那么没出息，就想儿女陪在身边。

听了她的话，我难过而自责，心想一定要多花些时间陪她。

可坚持不了几天，我的生活又回到原来的轨道。

我总是很忙，工作之余的一点儿空闲时间，都用在键盘上敲字写作了。她怕打扰我的灵感，即使家里有事也不告诉我。她一个人买很沉很重的东西背回家不告诉我；她生病起不了床，硬坚持着自己去医院打点滴也未曾告诉过我。

所有，她一个人能承受的，绝对不会告诉我。

我一直在忙碌中浪费时光，一直地疏忽着她。

每年清明给父亲扫墓，她都会小小地哭会儿，告诉父亲她很好，儿女对她很孝顺。回到家她又变成那个性格刚毅的人，再也没说过孤独寂寞的话。

每次打电话，她都说她没事，不用来看她。

这些年，比起她，我好像更在情感上依赖她，有什么不开心的事，不敢面对的事，总是第一个想告诉她。仿佛告诉她了，我心里就有面对困难的勇气。

几年前，我因为身体不舒服，去离家近的一个医院看病，做完CT后，医生告诉了我得了一个听都没听说过的病"肺动脉高压"。我说这是什么病？医生说是心脑血管病变，要进一步检查才能知道。

我以为是医生骗我检查费，把新开的检查单随意折起放进包里就回家了。

晚上出于好奇，我在度娘搜了一下这个病，不查不知道，一查整个人的内心都坍塌了，这居然是全球都罕见的绝症，乐观估计最多活两年。

我伤心地抱着女儿失声痛哭，我说怎么办？妈妈要死了。

女儿一头扑进我怀里，紧紧抱着我，哭得泣不成声。

我家那个刚刚答应亲戚帮人家组装家具的人，愣愣地站在门口，看着哭成一团的我们母女，不知如何是好沉默着。

那一刻，我多么希望他能说句令我安慰的话。

可他什么都没说。我失望至极。

原来在生命最关键的时刻，最爱我的是我的女儿和我妈。

我给我妈打电话，说我得了治不好的病。

她说别急，医院的诊断不一定准确，明天去权威医院再看看。说罢，她也去度娘查了这个病。

紧跟着我弟的电话就来了，他说我妈在电话里哭得不行，让他第二天务必请假带我去四医大看病。

挂了难挂的专家号，经过一系列的检查，专家告诉我没有得这个叫"肺动脉高压"的病，至于我为什么不舒服没查出原因，只说是心脏和肺功能正常。这几年，我一直被这个不知是什么病的不适困扰着，中医、西医都无法根治，它渐渐变成我心底最大的担忧。

给我妈打电话报平安，她让我回家吃饭。这几天她见我都装着没事，强忍着不在我面前流眼泪，现在知道我没事了，她一下哭出了声，眼泪一颗颗地掉在她切的菜上。那一刻我忽然发现在同龄人中一直显得年轻的她头发在一夜间就白了。

她说她现在真的老了，经不起事了。

我跟她抱怨，说我生他的气了，知道我生病一点儿都不担心，在我最痛苦时居然跑出去组装家具了。

我妈说，遇到事时家里一定要有个冷静的人，他不说不代表他不担心。

每次我和他闹别扭，我妈一定是站在他那边帮他说话的。她说我要和你一样也说他不好，你们的日子就没法过了。

果真，他说他担心得一晚上都没睡，一直唉声叹气，陪我检查时，他手心全是紧张的汗，好在只是虚惊一场。

我觉得我妈是个活得特明白的人。知道怎么做是帮儿女，从不说谁的不好，眼里看到的都是家人的优点，一点点好就能让她心满意足很久。

去年对智能手机一直心存抵触，觉得手机只要有打电话功能就行的她，居然主动要求买新手机。她不想做个落伍的老太太。会玩微信后，我妈的生活丰富多彩起来，和多年没联系的老同学联系上了，和她一起出去旅游的朋友建了群，和家人的互动也密切起来，我妈在群里活跃得很，发很多她觉得有意思的视频和链接，和人聊得热火朝天。

我有了订阅号后，我妈发动跟她关系好的同学关注我的订阅号，给我留言。我的文章一发表，她同学就把文章发在同学群和朋友圈，他们的支持让我特别感动。

我的订阅号升级为原创保护号后，有了赞赏功能，我妈点开发现赞赏是要付费的，心里很不舒服。她给我发私信，建议我关闭此功能，说看我订阅号的都是亲朋好友，让人家付钱不好。我说我的订阅号一直是免费给大家看的啊，我没让人给我赞赏，赞赏是系统自带的。其实只要看过喜欢我文章的朋友在文后给我点个赞，或写留言和我交流，我就很开心了。但总有些关系特别好的朋友，看我写字辛苦或真心喜欢我写的这些字，给我友情赞赏。其实每次收到朋友的赞赏，我都特别不好意思，总想着将来一定要用别的方式给人家还回去。我妈理解了后，现在我每发一篇文章，都会主动给我一个亲情赞赏，每次看到我妈那个快乐的小黄人头像出现在赞赏下面，我的心都暖暖的。

她的每一次进步都让我刮目相看。

今年过年，她同学在我订阅号给我发消息，说我妈几天都没上微信了，给她打电话，发现她声音有些异样，好像着凉感冒或劳累过度而身体欠安。我妈性格好强，有事不会轻易告诉我们，让我回去看看。

回家后发现我妈感冒了，情绪比较低落。

她说今年我爸走了整整十年了。从我爸祭日那天她就一直心情难过，一直生着病，心脏不舒服好多天了，但她一直没告诉我们，现在已经好多了。

年初二我带她出去看电影、吃火锅，她明明很开心，嘴里却说着："这都是年轻人来的地方，你看看哪有我这种老太婆。"

我说开心就好，人活着就要潇洒，将来我老了也会和我女儿一起逛街、吃饭，不会在意别人的眼光。人就是应该趁着自己还有生活热情时，规划好自己的旅行路线，走遍自己想走的世界角落，与美食来一场完美相遇，在有生之年记录下那些点滴的美好。

她说看我们潇洒快乐地享受着生活，她很高兴。

我说您也应该这样生活。

这些年，她变得越来越热爱旅行，虽然她去过很多个国家，但她说最开心的旅行记忆就是那次和我还有女儿一起去厦门。她说她忘不了我们一起漫步走过厦大、胡里山炮台,在和台湾隔海相望的地方用望远镜看过怎么也看不到的台湾;她说她忘不了我们在傍晚的鼓浪屿海滩拍照,涨潮了,原本在浅滩的两个男孩儿被困在不远处的小岛上,不得不打电话求救,看着海警出动快艇哭笑不得地救出他们时,我们笑疯了。可刚笑完别人,我们就在海边的一条密布着树林的路上迷路了,往前走是不知名的黑暗,往回走是不停上涨的海水,我们真是有些慌了,最后决定原路返回最靠谱。当我们费尽周折终于找到回去上岸的台阶时,身后的海水已经迫不及待地漫上来,我们飞快往上跑,直到把身后的海水越甩越远,我们脸上终于露出脱险后的小惊喜时,她忽然在黑暗的台阶上摔了一跤,旁边的一只癞蛤蟆毫无畏惧,不躲不闪地在月光下看着她……她说她忘不了我们一起喝过的张三疯奶茶、吃过的海蛎煎、鱼丸汤,还在一家不知名的酒家吃过我们感觉最美味的鱿鱼蒸豆腐。每当她说起这些时,我都遗憾没带她去更多的地方,今后我会陪她一起走过更多的地方让她留下更美好的回忆。

这些年,她变得越来越热衷看电视上的美食节目,常常变着花样的学做新菜,或是做了我不擅长烹饪,而她擅长做的我最爱的食物,就打来电话说,她做得什么什么可好吃了,问我想吃吗?如果想吃过去取。

每到这时,我就知道,她又想念我了。通过食物传递着一个母亲对子女的思念。

所以,无论多忙,我都会抽空回去取她做的美食,陪她说说话。有时不说话时,我们会坐在沙发的两端,各自玩着自己的开心消消乐,享受着属于我们母女的默契。我想对她说:"妈妈,我爱你苍老脸上的每一条皱纹。"

光影旅行

每当变幻时便知时光去

她在歌里唱:"每当变幻时便知时光去。"

女人这一生都处在变幻中。恋爱的变幻,理想的变幻,亲情的变幻,最后是婚姻的变幻。每面临一次变幻就经历一次选择。

而选择是随年龄和经历变幻的一件事。

电影《每当变幻时》里杨千嬅饰演的阿妙,是个有决心、有计划的女人。她快三十岁了,到了女人不上不下的年龄。最大的愿望是在三十岁时离开菜市场,还完父亲所有的债,嫁一个理想的男人。她十分清楚自己想要的人生和婚姻是什么。所以面对不符合自己条件的男人的追求,她的拒绝是干脆而利落的。她知道女人要是选错了,浪费几年,过了三十,就什么都没有了。哪怕明明遇到一个适合自己深爱自己,而自己也对他有点动心的男人鱼佬,她也不敢轻易下决心。就好比她心仪已久的那个钱包,她已经看过很多次,每次路过那家店她都要进去试用一下,但是却不买。他不懂她,为什么喜欢却不买。

她说,钱包要用很久的。这个钱包是很接近她想要的,但是又不是她心目中想象的那个。那么贵,买了回去不喜欢会后悔的。她心目中最想要的钱包是一个像PRADA的GUCCI。他说,那干脆买PRADA。她说,GUCCI,但是款式像PRADA。

他送了她一个耐用又防水的钱包。

她收下了他的礼物,却拒绝了他的爱意。因为她在三十岁的第一个早上,在一个男人的家里,一个菜市佬的家里,看到了一个她不想要的将来。所以,她离开了他,去追寻自己理想中的人生。

她去学习化妆。她知道学习是帮自己创造另一种生活的第一步。而化妆,是帮自己用另一种样子,走好之后的每一步。

她成功了,开了属于自己的一所化妆学校。

她一直没有遇到那个款式像PRADA,牌子是GUCCI的钱包。于是,她决心买自己以前就心仪的那个钱包。结果那个钱包早被卖掉了,断货了。她不甘心,又挑其他钱包,可是不是这个没有铜扣,那个没有别的颜色,再不就是另一个又没有新货。失去了自己最喜欢的东西,永远无法找到其他的来替换弥补这个遗憾。

很多年后,她终于找到自己想要的钱包,就是他当年送给她的那个耐用又防水的钱包。

虽然我们都是可以有权选择的人,但是有时候错过了,不一定可以回头再挑。

这世上不可能有一个款式像PRADA,牌子是GUCCI的钱包。就像你不可能遇到一个各方面都符合你理想条件的男人。最终让你爱上一个男人的理由,只是他其中一个吸引你的优点。

这便是人生吧,由无数的遗憾组成。得到理想的,失去爱情;得到爱情的,失去理想。爱情和理想是人生最重要的两件事,而你只能做好其中一件。到最后你就会释然,"因为抓住或者失去,没有成功和失败的区别,只是过程一段。"

爱上一个差劲的男人，便功亏一篑

张小娴说："最能反映一个女人的品位的东西，不是她的衣着、首饰、爱好，也不是她开什么车子、吃什么东西、看什么书，家居布置成怎样，而是她过去和现在爱上一个怎样的男人。即使她在其他方面品位优雅，若爱上一个差劲的男人，便功亏一篑。"

她的话让我想起彭浩翔的电影《破事》里的一个故事《大头阿慧》，许多女人看后都颇感慨。

阿慧和阿琪是好朋友。阿慧自幼丧母、性格孤僻，喜欢依赖人，没有安全感，甚至不懂得打扮自己。阿琪是她唯一的朋友。阿琪漂亮、聪慧，独立又自信，是个在女孩堆里难掩光彩的人。她有很多朋友，大头阿慧只是她其中的一个朋友。

她不喜欢阿慧处处依赖她，也厌烦总做阿慧的人生分析师。她有喜欢的男孩儿，想要谈轰轰烈烈的爱情。所以，当阿慧征求她的意见，说修车行有个小混混飞鹰喜欢她时，阿琪便鼓励阿慧去恋爱。没谈过恋爱的阿慧很傻，很天真，结果不小心怀孕了。

她哭着找阿琪来借钱想要去堕胎。

阿琪正攒钱准备与男友共度浪漫的日本之旅，不舍得借钱给阿慧，于是她劝阿慧嫁给飞鹰，生下孩子。阿慧很惊慌，飞鹰是一个一无所有没有未来，甚至连像样的酒席都摆不起的男人。但阿琪说这样的男人婚后会有责任感而且会越发的努力。

对朋友的话深信不疑的阿慧嫁给了飞鹰。婚后，飞鹰果然很努力，很快就有了自己的车行，且生意越做越大。

而阿琪和男友从日本回来后，也怀孕了。她没有钱打掉孩子，男友也消失得无影无踪，故意让她找不到。她知道自己爱上了一个差劲男人，所以只能勇敢地做个单亲妈妈。

两个女人，很傻很天真的那个培养了一个绩优股男人，得到了令别人羡慕的幸福；另一个漂亮又有品位，什么事都看得分明，可是看得分明的人却偏偏没有懵懂一世的人幸福。

"幸福就是这样，在你犹豫不决的时候，在你毫不在意的时候就来了。什么是对的、什么是错的，什么是错过、什么是幸运，只有走过去了才知道，谁又能说清楚呢？"

美丽不是外表,而是一种智慧

荧幕上的苏菲·玛索是清纯的,楚楚动人的。

现实生活中她像男人一样不拘小节,经常露出极端可爱的天性。

她的爱更是直接的,不懂拐弯抹角。不喜欢一个人会当众指责他的短处,喜欢一个人则会忍耐并包容那个人的所有缺点。

她爱了那个极度敏感又有才华,却被别人称为"疯子"的男人十八年,女人初吻后最美好最动人的时光,她都是和这个比她大二十四岁的波兰导演安德烈·佐拉斯基度过的。他们虽然一直同居未婚,过着的却是无异于婚姻的生活。每当意见不合时,吵架就会成为家常便饭。他虽然在年龄上大她很多,却不懂得退步，每一次都要小他很多的苏菲·玛索做出让步。她在这时把他当成"老人"看待，而这位"老人"却执拗得像个孩子。她曾经表示：嫁给摩纳哥王子恐怕都比和安德烈·佐拉斯基生活在一起容易。可是，她却爱着他，浓烈地深爱着。她觉得和一个年长的男人生活在一起好处多多。

2000年，她出演了他的电影《忠贞》，她在里面饰演一个女摄影师，一个忠贞的妻子，即使面对诱惑，面对年轻、英俊的另类男摄影师热烈的追求也果断拒绝。虽然她也曾动过心，但是她始终都没有背叛丈夫。她爱那个平静的婚姻。但是丈夫怀疑她的忠贞。她解释不清自己的清白，哭了。她不知道丈夫为什么总认为一切都跟谎言和性有关。他把结婚戒指还给了她，至死都不肯原谅她。

安德烈·佐拉斯基说："'忠贞'就是一个大家都在追求的梦，可是没有人做得到。人出轨的方式有三种，脑里想的，心里想的，及桌下那个东西想的，三者有任何一样出轨，都需要很长的时间去疗伤。"

这部电影之后，他们甜蜜忠贞的恋爱关系果然出现了危机。他公开抱怨和大明星生活在一起太难了，需要承担和理解的东西太多太多。在他看来，苏菲生活在一个非常实际的世界里，而他自己却常常邀游在某种精神境界之中。

最终，他们还是分手了。

他留给她无数的回忆和一个可爱的儿子。为了孩子，她睡得很晚，起得很早，因为要送孩子上学，她很享受和孩子在一起的时光。她深信孩子是生命里最好的礼物。一如，她在《心火》里饰演的那个母亲，女儿是她和男人的一场交易，一出生就被抱走了。每年女儿生日时，她都会画一幅画给她。她从来没有一个时刻忘记过自己的女儿。她决定寻找女儿。后来，她来到女儿家做家庭教师，女儿对她的敌视伤害着她的心。她严厉地对待女儿，她不听话时，会把她关在屋子里。女儿不吃饭，她也不吃饭；当女儿用言语侮辱她时，她用蓝墨水泼在女儿的脸上，再用红墨水泼在自己脸上。她说，她和她受着一样的痛苦。

多少年过去了，她在《心火》里饰演的那个母亲，仍然感动着我的心。

忘了是从哪部电影开始，《芳芳》里那个和所爱的男人隔着一面玻璃，说着

"每个早晨，我都会离开你，每个黄昏，我都要你把我追回来，一天一天爱下去……"的聪明女子；还是《路易十四的情妇》里那个含了有毒巧克力倒在舞台上说，"悲剧演员总是在第一幕出场，在第五幕死。中间那几幕在做什么？有谁会知道？悲剧演员付出的是自己的生命，她演角色，我演我自己"的哀怨女子。我开始热爱这个叫苏菲·玛索的女人和她演的电影。

那年她来中国宣传谍战大片《超级女特工》时，穿灰色职业套装的她，眼角已有了细小的皱纹，且更加的瘦，尽管她脸上露出迷人的笑容时，还是那么美，只是那样的美为什么会让人那么悲哀呢，我们心中像女神一样美好的女子也老了。

苏菲·玛索说："到了一定年龄，美丽就不是外表，而是一种智慧。人只要保持微笑，她就永远都美。"她并不避讳自己的年龄问题，人人都会老，担心也没有用。

她还说她不会再看自己以前的影片："我是个向前看的人，总是考虑将来比较多。现在我希望的生活是多写点书，有个美丽的房子，做很多手工艺制作品，不需要更多孩子了。"

这样的女人无论她活到多少岁，内心都像孩子一样洁净，吸引人。

泰坦尼克号：带着爱如潮水般的回忆

81届奥斯卡颁奖典礼，她终获影后。捧着小金人的她激动地哭着说："站在这里以前我骗自己，自己是一个八岁大的孩子，要有兴趣地注视着洗手间的镜子。这个小金人就像一个洗发水的瓶子。这一次手里的终于不再是洗发水！"

凯特·温丝莱特这个被我们忽视、淡忘了十几年，承载着我们整整一代人的记忆和青春的有着时代标签的人物，在这一刻，在她成功的这一刻，重新回到我们心中，带着爱如潮水般的回忆。

二十年前，第一次看《泰坦尼克号》这部电影时，家里的电脑是386，用的是Windows 95系统，还是拨号上网，奇慢无比的512K以下的带宽，奇贵无比的上网费，按分钟收银子，一旦上网电话就永远打不进来。

可那时上网在年轻人中间是件多时髦的事啊，我的男同学们最热衷的事是网上聊天和网恋，但成功率都不高。不少人约了女网友在KFC见面，如若见了恐龙撒腿就跑，从此人间蒸发，反正网上说爱也不必负责任。只有一个男同学和女网友见面后，看了一场风靡全球的《泰坦尼克号》，认真确立了恋爱关系结婚了。

爱情，灾难和死亡，是最能打动人，触动人心最善的那一面，使你有想好好珍惜眼前人的恒久之心。

我也看了这部电影，在我的386电脑上。在家里只能放下一张书桌的阳台，在那张我坐在那里常常一写字就是好几个小时不停歇，落了颈椎疼痛的，冬冷夏热的我的小小书房里，我和刚刚恋爱的那个男子一起看了这部《泰坦尼克号》。

一瞬间的爱，没有以后。当船撞上冰山，倾斜下沉时，当他拉着穿着拖地长裙的她逃跑，寻找生的希望时。

当他的身体泡在冰冷的大西洋海水时，当他说："我觉得很冷。"

当他说："听我说，露丝，你一定会离开这里。你会活下去，子孙满堂，你会看着他们长大。你会安享晚年，安息在温暖的床上。不在这里，不是今晚，不像这样死去。你明白了吗？"

当他说："赢得那张船票是我一生中最好的事。它把我带到你面前。我很感激它，露丝，我很感激。你一定要帮我这个忙。答应我活下去……永不放弃，无论发生什么……无论多么绝望……现在答应我，露丝，永不放弃你对我的承诺。"

当他松开了紧抓着露丝的手，带着爱沉入大西洋那个冰冷的坟墓时。

我在电脑跟前哭得浑身发抖。心很疼，很疼，为莱昂纳多·迪卡普里奥那张单纯如孩童般却带着圣洁的爱的脸，消失在我的视线中而难过。

二十年前，我是多么地喜欢莱昂纳多·迪卡普里奥，觉得凯特·温丝莱特过于丰腴，女人往往会因为嫉妒而挑剔一个人。二十年前，我喜欢收到跟《泰坦尼克号》有关的一切礼物。和我一起看这部电影的他非常轻易地就洞悉了我的心。他送我这部电影的原声磁带，大幅的海报，还有一张写着誓言的求婚贺卡，打开是《我心永恒》的曲子。只是我不太常常打开那张贺卡，我怕打开的次数多了，贺卡的音乐会因为消耗完了电量没有了声音，也忌讳我们的爱情有一天会没电。

与他拍婚纱照时，当时很流行的一套婚纱礼服里居然有露丝在船上穿的那套红色的拖地长裙。

摄影师建议我们穿这套礼服，我拒绝了。我们毕竟不是杰克和露丝。那样刻骨的爱出现在电影里就好。我们不过是普通的柴米油盐夫妻，要沾了世俗的烟火才够温暖。

二十年后，杰克和露丝的爱已经在我们心里渐渐淡忘，却始终留有一席之地。

二十年后，报刊杂志不再铺天盖地地探讨杰克和露丝之所以永恒的爱。

二十年后，我拿出珍藏在抽屉深处的他当年送给我的那张求婚贺卡，音乐声和誓言还在。

我们是陪着《泰坦尼克号》成长的一代人，在岁月的洗练下学会爱，懂得爱。

女人失去男人的理由

方文山的处女电影作品《爱到底》由四个类似MV的故事组成,让人颇感意外的是最后一个故事的编剧居然是黄子佼。这个其貌不扬,却屡屡被美女青睐的男人,想必极易引起女人好感与欣赏的原因,就是他的才华吧。

阅女无数的黄子佼,在这个"败犬女王"的时代,站在有过丰富情史的男人立场,告诉女人,让女人沦为"剩斗士"的不外是以下几点原因:

影片里戴着绿框眼镜,顶着蘑菇头出场的宅女郭彩诗,质问不公的命运,为什么没有人爱她?

快餐店的店员说她太犹豫,太贪心。

便利店老板说她太独立，男生都喜欢在女生面前扮超人，显威风。如果你自己修电器，自己开罐头，还千杯不醉，你这种女孩儿男人会认为你不需要他，不OK。

牙医说是因为她太吵。

加油店小姐说："你太迷糊了，所以你要加油啊。"

电梯小姐又说："那是因为你见一个爱一个，个个都三心二意。"

最后美容店小姐说："一定是你太自闭，一直交不到新朋友。你一定是不敢尝试新的东西。"

让一个女人，失去一个男人的原因，只是上述的其中一个理由。

让一个女人，与真爱擦肩而过的另一个重要原因是，太早对先到自己身边的男子的其中一个优势，比如外貌、经济或家世所吸引，而爱到昏头。当一个女人失去了理智与判断能力时，正是她与迟一步到达的那个真命天子遗憾错过的时候。

还有一类容易与爱情失之交臂的女人是黄子佼在故事中没提到的，那就是太聪明的女人，和自己各方面兴趣、爱好都相近，太了解自己的女人。比如自己的好朋友刘若英，她就是太理性、太独立，太聪明。是一眼能望尽你心里，不用语言看眼神就能懂你的女人。这样的女人，很容易让男人欣赏，为之依赖，却不容易让男人动情。因为男人最怕自己在女人那里是"透明人"，要知道"神秘感"是男人在女人那里仅存的尊严和骄傲。

当然，也不能太傻太天真，像阿娇，对男友过分言听计从，失去自我，也就失去了爱情。

想要得到爱情，最重要的是不能贪心；果断地选择一个你最有好感的男人，让他在你面前扮超人，显威风，永远让他认为你需要他；两个人相处的时光，不要被抱怨占满，不要让他觉得你太吵太啰嗦；对爱情要有警惕心，尤其是激情已过的平淡期，不能太迷糊，要不断加油，才能跑得更远；最后，对爱情要保有忠诚心，当你一心一意地爱一个人，你也能得到对等的爱情。

相亲，很多人去碰爱情的运气

爱情应该是什么，应该是在茫茫人海，没有早一刻，没有晚一刻，遇上了你。一种美好的期待。可是生活中有多少人是在对的时间遇见对的人呢？有时根本就很难遇上，所以相亲，尽管它是一件庸俗而难求的事，可还是有很多人去碰爱情的运气，用它来填补一个人的寂寞。

比如刘若英在《征婚启事》里所饰演的杜家珍。

她是一名眼科医生，所爱的男人失踪后，她辞职，以另一个名字征婚。她说，其实姓什么无所谓，她只是不要过去的自己。

她每天坐一样的公车，去一样的茶楼，她在和他第一次约会的地方，见不同的男人,每天会根据不同的心情、不同的对象,选择不同的位置,把自己藏起来。听那些男人毫无保留地谈他们的隐私,这种感觉不像交谈,更像是一种偷窥,他们在明亮的地方,她在黑暗的地方。

她不知道该怎样才能走到明亮的地方。在见不到他的日子,她只能每天一遍又一遍对着答录机跟他报告她每天的事情。

见过的那些男人唯一有一个是让她产生好感的。因为他的诚实。她厌倦了自己说谎,说谎说太久了也会变成一种习惯。

她与他做爱,事后却一直在哭。

她从来没有觉得医院那么可怕,她以前天天去那里工作,现在她觉得是那么恐惧,因为在那个手术台上,她拿掉了和他的孩子。

她觉得真的是到了该结束的时候了。

她最后一次对着答录机说话时,电话通了。一个女人的声音传了过来。她害怕地挂断了电话。

女人把电话又打了过来。女人是他的妻子,她让她以后不要再打电话过来了,她所有的留言,女人全部都听了,确切地说是偷听。女人每天报复似的在答录机里听她讲思念的痛苦,一天又一天。一开始她恨她,现在她却要感谢她,因为她让她平静了下来,让她可以重新面对新生活。

她说她的丈夫死了,死于一场飞机失事。之前他对女人坦白了对她的爱,他说她怀了他的孩子,坚持要把孩子生下来……

她的泪水为这个故事划上下了句号。

婚姻濒临死亡前微弱的呼吸

金基德说:"呼吸是一种围绕死亡的行为。当你呼出时,你必须吸入等量的空气,不然就会死。当你持续这种等量的关系一直到老,其结局依然是死。"这是他通过电影《呼吸》想要表达的。

她的婚姻应该就是这个样子吧。发现丈夫有外遇,他不解释,不道歉,还粗暴地夺去别在她头发上的情人漂亮的发夹。她觉得她的婚姻只剩下冰冷的沉默和濒临死亡前微弱的呼吸,活着对她而言已没有意义。

这时,她在电视新闻中看到那个自杀多次的囚犯,他因为妻子变心,杀了妻女,成了死囚。多次自残让他失语,执行日期也一次次提前。

她发现他是和她一样是想体验死亡的人，于是她开始去监狱探视他。将会面室布置成春夏秋冬的景色。每次会面结束后，当那些美好的回忆结束时，她会绝望地撕掉墙上的那些画，将壁纸和花都烧掉。

去见他，成了她婚姻里唯一重要的事。她不再做家务，也不再带孩子，不和丈夫说话，在严冷的冬天穿着春天和夏天的衣裙去见另一个男人。她的反常让丈夫困惑。他偷偷跟踪她，发现她去见的是一个死囚。在监视器上丈夫看见她和那个死囚接吻，那一刻，他震惊了。

之后，丈夫结束了婚外情，想和她重新开始，他希望她也别再去监狱看那个男人。

死囚再次用利器自杀，未遂。

她最后一次去见死囚，在爱欲中，她让他体会到真实的死亡体验，当他在吻里无法呼吸时，惊恐、害怕，挣扎并且退缩了。

原来人在死亡面前，有天生的懦弱和求生本能，只要有一丝呼吸的可能都不会放弃自救，她也一样。当临近死亡的婚姻有了转机，她知道，她又能在婚姻里正常呼吸了。

爱里最残忍的事情,不是分手

每段恋情结束,大家大多想到的都是自己。不爱了就打包带走自己的感情,潇洒地来,潇洒地走。

至于忘没忘记,整理没整理好感情那是个人的事情。

谁先走出从前,谁就先得到幸福。

爱里最残忍的事情,不是分手,而是始终无法从过去走出来,面对自己的新生活。

她一直记得她那天煲好了汤等他回来吃晚饭。可是,他一直没有回来。

打他的电话是留言,再打还是留言。

她打开衣柜,发现他的衣服和鞋子都不见了。

他离开她了，已经和她分手了。

可她还是着了魔般地想他、等他、爱他。

夜里，躺在床上，她对女友说：男人追你的时候就很好，可是很快就会变。

女友说：再找一个就会忘记上一个。

所以说，那天当她在茫茫人海中发现一个和男友阿坤长得很像的男子阿豪时，爱让她再度失控。

她大胆而直白地告诉他，说他长得很像她以前的男朋友阿坤，她的男朋友半年前出车祸死亡，可她觉得他一直没离开过她。

他对她由怜生爱，搬到她那里住。

她温柔地对他，他的脾气却日益暴躁。他讨厌她一直把他当作阿坤。

他们吵架，她向他哭诉，说阿坤其实两年前因癌症死了。

阿豪听后很奇怪，觉得她前后说法不一。她拿出日记向他证明。

阿豪却在她的日记上面，看见她用凌乱的字写着，今天我们分手了，我杀死了他。阿豪惊恐地看着她对自己目露凶光……

几天后，邻居闻见她家有恶臭味，报了警。

她说这一切都是她女友策划的。

警方找到她的女友。

女友说：很多年都没有见过她了。她曾是丈夫阿坤的前女友，他们结婚后就再也没有联系过。

原来，自从分手后，她就一直生活在自己的妄想世界中，每天把自己想象成女友的模样继续自己未完的爱情。

妄想症表面上看非常正常，但是常常会出现一些妄想和幻觉，并且经常听见以及看见一些不存在的人和事，他们会说服自己相信一些不真实和不存在的事情，所以病者很多时候都处于一个虚构和紧张的状态。一些内向不合群、孤独的青年比较容易患上。朋友和家人的关心是非常重要的。

彭顺的电影总是充满神秘的悬疑色彩，一切诡异不可思议的故事都会在时间里找到答案，就好比蔡卓妍在《妄想》里饰演的这个因为失恋而得妄想症的女孩儿。

电影告诉我们：爱情结束后，真正要做好的应该是善后和收尾工作。不要只是一味地想着自己如何获得追寻新爱情的自由。无论何时，要记得放爱一条生路。

爱，就不要侦探你爱的人

《我的最爱》里，阿蚊的第一个男朋友总是醉酒后打她，过后道歉。这场暴力爱情深深伤害了她，令她对男人充满了不信任感。

所以第二段爱情里，她让自己变成了一个强势的女人，她觉得只有强大的人才能把握住爱情。男友越纵容她的无理取闹，她越没有安全感。偶而男人也会有不肯包容想让她妥协的时候，她是绝对不肯的。于是，分手便成了挂在嘴边的话，她觉得男人一定是背着她有了别的女人，才不肯迁就她。

每次闹分手前她都会偷了男友的手机，检查他里面的短信和通话记录，在确定他对自己是忠心的之后，她会卖了男友的手机，再跑去买个新的送给他和他和好。

爱一个人而不信任一个人是对爱最大的侮辱。

最后一次，男友做了另一个女人的后备情人。每段恋情里，都有恋人未满、寂寞空缺的时候，后备是填补那些不完美缺乏浪漫的日子的。男友爱上了那个女人，女人觉得他违背了游戏规则。她说感情是有时机的，我认识你时就是后备，这个时机是不会变的。

男友回去找阿蚊。阿蚊哭着向他道歉，那是第一次她对他妥协。她说她知道以前她对他很差，其实她不想这样的，她是一个不懂得去爱人的人，或者是因为从来都没有人爱过她，她整天对他发脾气是想让他了解她。她有很多话却不知该怎么对他说。

男友说："你慢慢说，只要你想说，我都想听。"

也是第一次，她坦诚地向所爱的人敞开心扉，让他听到她心底最柔软、最真实的声音。

她说："我不是想查你的电话，但是这跟买衣服唱K一样，是我的嗜好。我希望你身边的女人全都是'肥婆''猪排'和'师奶'。我发脾气的时候，叫你不要找我，永远都是假的。"

她是真的爱他。可是他们已经错过了相爱的最好时机。男友说，他们在错误的时机相遇是合不来的，真正爱一个人是要给对方自由，而不是要去完全占有对方。

这对恋人，他们后来做了好朋友，因为好朋友是永远不会分开的。

阿蚊的话说出了很多女人的心声。女人最擅长的事情就是口是心非，嘴里说的和心里想的永远不一样。明明爱得要死，却非要用伤口检验爱情的深度。得到爱，而不知如何好好相处，又失去爱。

其实爱里的道理谁都懂，却偏偏还是有很多人要重蹈覆辙。

"爱，就不要侦探你爱的人。"

一段失去自由的爱关系，最终会困死双方。与其去侦探一个人，不如让他明明白白知道你的想法、你的失望、你的嫉妒，也或你的伤心，症结出来了才能对症下药。

爱的大厦绝非轻易就能建成，要知道，信任是地基，宽容是钢筋水泥，关心则是那一砖一瓦，缺一不可，否则我们根本无法面对任何不可预知的爱的灾难。

只有疼的才是爱

我们总是觉得最好的爱都是错过的。所以一直不停地找,不停地错过。深不知,最好的爱就在身边,是那个无论你贫穷、疾苦或犯过任何错误都愿意包容接纳你的人。

这才是爱,最适合自己的人。可是我们却常常只是觉得这个人是好人,不是爱人。去亏欠、伤害一段真爱,而验证了那样一句话:"只有疼的才是爱。"

电影《意》中,玫瑰的一生是颠沛流离的一生,她唯一爱过的那个男人一直扎根在她的心里,不曾离去。她也不想让他离开。她深藏着心底的那个故事和回忆,希望遇到新的爱情。可是她遇到了却没有珍惜,她想珍惜的却是不爱她的人。所以，她只能一次又一次带着孩子和身体去流浪，她想给身体找个家，哪知让她停留的都是旅馆。住不长久又得伤筋动骨地往新地方搬。

在一次次地离开中，她渐渐地老了。孩子已成长为青春期的叛逆小孩儿，女儿越发地漂亮，风头和光彩已盖过她的光芒，甚至抢走了她哭着闹着即使自杀也要留住的男人。

爱似乎破裂了，却是剪不断的。恨不能夺走心底的关心和恩情。于是就有了割舍和原谅。

生活又恢复了平静。

爱玫瑰的男人又把他们接回了家。可她是不能忍受寂寞的人，不能走、不能再逃，就只能死。她选择当年爱人离世的方式追随而去。

"有时候生活就是这样，你站起来，它还是要你趴下。有些人失败了，但总还有人会继续带着这些故事安静地活着。"

学会爱，才会懂得爱。

陈冲凭借主演《意》里的玫瑰，荣获第四十四届金马奖最佳女主角奖。她将只有疼的才是爱的感觉演绎得丝丝入扣。

完美不是爱情的必要条件

两个早恋没有考上大学的孩子，因为没有前途，没有未来，得不到父母的祝福。于是男孩儿伤心又决绝地离开了，他许诺可以给女友一个好的将来时再回来。

她是怨他的，他一走就是四年，除了五十四封信，他没有留下任何可以让她找到他的线索。

她那么爱他，爱到只要可以在一起什么苦都可以吃。他却为了不要她跟着他吃苦而离开，结果让她苦上加苦。

她发了疯似的找他，开着以前他曾开过的出租车，把他的照片放在车里，神经质地询问每个乘客可曾见过她失踪的男友。她固执地等在他们认识的这座城市里不肯搬家，不肯交新的男朋友。等待对她来说就像是严重透支的体力活。一次意外，她被毒犯绑架。

结果，在公安局她见到了自己找了很久的失踪男友。他坐在另一个女人的身边，有了另外一个名字。

她一直卑微地跟在他身后，一句一句，一封一封，泪流满面地念他曾经写给她的那些让她满怀希望的信。他告诉她，他就快能见她了，就快要成为一个她想要的成功男人，他们的爱情很快就可以得到父母的祝福，他已有了可以让她开超市的钱。

他看着身后撕心裂肺痛哭着追着他的她，却不敢转身，不敢回头，只是冷笑着告诉她认错人了。

他怎能让她知道，为了给她好的婚姻，他已成了一名毒贩。从立交桥上纵身跃下，死在她的面前时，也没有后悔爱过她。

他最后留给她的只剩下可以重新开始新生活的银行卡和那些美好画面的DV。

原来，她等了他多久，找了他多久，他就在身边陪了她多久，爱了她多久。他一直都没离开过她，他住在离她最近，伸手可及的对方，看着她在孤独地等待自己，看着她一个人收晾在天台的衣服，在大街上对着要换的轮胎手足无措，和客人吵架，找厕所……

他说："望着你，是我爱你的唯一表达。"

《李米的猜想》是一部很奇怪的电影，它能让你在看时动情地掉眼泪，重新回味时，仍然有泪盈于睫的心痛感觉。为什么这样的爱能扎在许多人心里最脆弱的地方，是因为我们在李米身上看到了自己。谁没有卑微地等待过自己所爱的人爱上自己？并干过许多事后回想是傻事却不觉得后悔的事。

相爱的恋人大多想到的都是自己可不可以和这个人有美好的未来。甚至认为爱就是过好日子。因为这份幸福的责任去奋斗的人，不计其数，孰不知，悲剧都发生在打拼未来的过程中,等来等去的变数最大,最后多半失去在回来的路上。

什么是幸福?幸福是可以和所爱的人在一起,没有撕心的等待,也没有焦灼的思念。爱人眼睛所能看到地方,就是幸福的所在。

吴淡如说:"感情上如果可以选择的话,人们都明白,他最后要找的不是一个最好的人,而是一个最适合的人。谁说我们最喜欢的人一定是最优秀的呢?完美不是爱情的必要条件。"

初恋这件小事

"在我们每一个人的内心深处,都藏着一个人,每次想起他的时候,会觉得有一点点心痛,但我们依然愿意把他留在心底。就算今天,我不知道他在哪里,他在做些什么,但至少知道,是他让我了解,什么是初恋这件小事。"

初恋是件小事,最痛苦的地方是我们总是错过。

爱最美的时候原来是两个人最不般配的时候。当他是万众瞩目的王子时,她还是个不起眼的、皮肤晒得像得了"黄疸病"的四眼妹。爱上他时,正是她最丑、最不出色的时候,像是泰国盛夏还未成熟的青芒果。她站在美女成群的校园里偷偷地望着他——看他在教室上课开小差,被老师惩罚站在教室外;看他在操场上挥汗踢球,为进球握拳呐喊……

她没勇气走近分享他的喜悦,只能偷偷地看在女生中非常流行的畅销书《让那个人爱上你的九种方法》,书上说:"要让爱情成为动力,得让自己变得更厉害、更漂亮,每个方面都变得更好,那个人就会自己回头看你。"

当她从丑女变成仙女,当她以为他会回头看见她时,另一个人比他抢先一步走到她身边对她告白。

毕业时,她鼓足勇气告诉他,她之所以有天壤之别的改变是因为她爱上了他。可是他刚刚和另一个女孩儿交换了定情信物……

爱最痛的地方不是失去,而是我在偷偷暗恋你的时候,你并不知道。

向左爱、向右爱

这是一部连接吻都没有的电影,可是它唯美、伤感的画面,以及像散文诗一样淡淡的爱情,还是吸引了我的心。是心,而不是眼睛。我一直固执地认为,有些电影是用眼睛看的,而有些则是要用心看的。

这些年他总是收到一个没有地址、没有署名的女子的信,信封里除了照片,没有只言片语。他将照片凑近脸前,会闻到一种淡淡的肥皂的清香,这种熟悉的香味让他想起了五年前的那个故事。

那时,他在一个朋友的便利店里打工,疯狂地迷恋上摄影。当时一对情如姐妹的好友秀仁和景喜走进了他的镜头。他对秀仁一见钟情,女孩儿离开后,他悄悄跟随她们来到一家咖啡店,向秀仁表白了自己的爱情,却被她礼貌地婉拒。

他灰心地走开后,路过一家钟表店,忽然买了一个大大的钟跑了回来。在咖啡店透明的落地玻璃窗外,他当着女孩的面将表拨后到他们刚认识的时刻,他说自己刚刚说过的话就当没有发生过,从这刻起如果他们有缘分再见面,他希望他们成为朋友。

他的可爱、率真让三人成为朋友。可是这段友情一开始就是混淆着爱情的。一开始他的眼睛里只有秀仁,终于盼来秀仁的眼睛里有他时,他却发现自己的目光移开了,他的眼睛总是跟随着一直偷偷爱着他的景喜的背影。当两人的目光相遇时,他会觉得心跳和幸福。

他犹豫了,向左爱,是他的一见钟情;向右爱,是现在的日久生情。当三个人的爱情只能有两个人时,她们选择共同离开了他。

他最后一次见景喜时,她手上缠着纱布,有血不断流出。他是心疼的,可是他的关心还没来得及说出口,就被景喜接下来的话粉碎了。她说他让她们两个人很不舒服,所以她们永远不想再见到他了。

她走后,他一个人躺在雪地上绝望地哭泣。

她是爱他的,可是她却选择了这样一个方式和他分手。她没有告诉他,她和秀仁从小都是有白血病的孩子,就在她来见他之前,秀仁离开了这个世界。她走的时候很安详,像是睡着了一样美丽而忧伤。秀仁走时,她用手砸碎了墙上的那块表,将时针向后拨了一个小时,她希望她们永远在一起。

五年了,他们没有再见过,他甚至忘记了她们头发的颜色是黑色的,还是褐色的;也或许他们三人从来没有认识过,一切只是他一个人的梦。直到这些不断寄来的照片,那淡淡的熟悉的肥皂的清香又唤醒他的记忆。

他决定寻找她们,却无意发现一个凄美的秘密:原来,她们深爱着对方,深爱着这段友情,为了让对方永远留在自己的生命中,永远不会忘记,两个女孩的名字是交换过的。

他通过照片的地点,找到了他一直深爱的女子——景喜。可是爱情最美的时候,就是在得到的同时,失去。他在读景喜写给他的信时,景喜的生命随着窗外艳丽的烟花一起消失了……

影片结束时,我的心里有种淡淡的忧伤,很久没有看过这样简单而又美好的爱情了。我们在越来越复杂的同时,反而怀念从自己生命里走丢的单纯。

父爱,是株向日葵

张扬说:"人越成长,对回忆的感觉就越美好,特别是童年少年的时光,把父母看作大树时的天真,就像阳光下的蜜糖般透心的甜。"

可是,人都是在长大后,在父母老后,才能体会到那种亲情的甜。在年少轻狂时,不但觉不出那份爱的甘甜,反而觉得那爱是苦涩的,是被捆绑的无奈和反抗。

尤其是对父亲,父亲在我们的爱里似乎总是扮演着一个矛盾又复杂的角色。

严肃、爱得专制而又霸道。想成全孩子的梦想,让他们过有意义的成功人生,却用了伤害的方式。

电影《向日葵》讲述的就是这样一个故事。

一段发生在北京古老四合院的父与子的故事，手有残疾，不能再从事自己热爱的绘画事业的父亲，强迫儿子完成自己未完成的梦想。整日整日地把儿子关在家里画画。在发现了儿子有了心爱的女孩儿，准备背叛他去南方做生意时，他武断地拉回儿子，拆散了儿子的初恋。强迫女孩打掉肚子里的孩子。在美好的爱夭折后，儿子从此对做父亲，对为人父母有了恐惧之心。虽然，儿子最终过上了父亲眼里有成就感的幸福生活，有了名望、荣誉和登对的婚姻。但是，儿子却一直憎恨着父亲，他明明看到父亲眼里一次次对抱孙子的热切期望，却以心理没有准备好，一次次地让妻子打掉孩子。反抗与矛盾仍在继续。

最终，终止这场亲情战争的是父亲。

父亲留下一封信离开了。他说他很爱儿子，可是却用错了方式。

儿子终于有了做父亲的勇气，当他看着那个新出生的小生命时，泪水不可抑制地流了下来，好像是在为人父母的那刻，孩子才能真正深切体会到父母那甘甜无私的爱。

窗外是开得正艳的向日葵。父亲悄悄地来过又走了。

父爱，有时就像向日葵，不张扬，然而却热烈。

我们在拥有这份特殊的爱时，从来感觉不到它对自己的珍贵性，总是责怨多过赞美。其实，看似坚强的父亲，也有脆弱不堪一击的时候。尤其是在他年老孤单时，在他那双因为家庭而谋生的手变得粗糙、衰老而没有力量时；当他觉得自己在越来越强大的子女面前，越来越渺小时，他的爱已回到原点。没有任何的爆发力，他孤单得像个孩子，期待着温暖的亲情与爱。

我相信没有任何一种爱，可以超越父母给子女的那种不计条件的爱。

爱情最终败给了细节

犀利、刻薄、爆粗口、讲荤段子,以及喜欢戳穿那些情爱背后的真相,一直是彭浩翔电影的显著标签。

彭浩翔曾在许多场合说过,遇到太太之后,他才有了拍爱情喜剧的冲动。他和太太从十几岁时就是恋人,当别人唱K、逛街、看电影时,他却拿钱去买自己想看的书。虽然这些书后来替他赚到了万倍的回报,但是他知道如果没有太太耐得住寂寞的陪伴、理解与欣赏,就不会有今天的彭浩翔。

彭浩翔说决定拍《志明与春娇》其实源于太太的一句话。"有一天她问我:为什么你的电影都是拍爱情结束的部分,而没有拍一个爱情的开始?你是不是不懂？所以我就想拍一个电影，专门讲一段感情的开始。"

于是，2010年彭浩翔制造了一段轰动一时的港式爱恋《志明与春娇》。当紫红头发的杨千嬅与戴着黑框眼镜抽骆驼牌香烟的余文乐因为一纸戒烟令在香港一条狭窄的后巷相识，杨千嬅饰演的春娇因为余文乐饰演的志明温柔地替她点烟的这个小动作而爱上了这个港产多情男。

多情男的前女友劈腿爱上了法国老外。在他郁郁寡欢的失恋期，春娇的出现，让那种停留在最美也最神秘的暧昧阶段的爱恋，显得美好又心动。他喜欢与春娇在后巷抽骆驼牌香烟的感觉。

但是有一天，他告诉春娇他要戒烟了，他认识了一个女孩儿，不喜欢他抽烟。那一刻，春娇的心真的很痛，但又要保持"港女"应有的形象。她没有告诉他，她是因为喜欢一个男人才去学吸烟，结果喜欢的男人戒了烟，因为爱上另一个女人离开了。暧昧结束了，但她爱上他时，养成的吸烟的习惯却留了下来。

都说命运是安排好的，或者他也是注定的。

当志明回来找她，她问他介不介意她比他大？他说，但是我比你高。她笑他怎么老是这样，答非所问。

那夜，他带她去了浪漫爱情酒店。在酒店，她哮喘，她跟他说对不起。

他说："有些事不用在一晚内做完的，我们又不赶时间。"

志明在2010年那年说出了一句最能打动女人的情话。

而《志明与春娇》暧昧缠绵伤感的港式爱情也让人看到彭浩翔温情的一面。

《春娇与志明》是彭浩翔第一次为电影拍续集。之前令他赢得香港电影金像奖最佳新导演，叫好又叫座的《大丈夫》要拍续集，他都坚决婉拒了。

彭浩翔表示，自己以前并未想拍续集，有一天他因为好奇也好玩，无意间打开拍《志明与春娇》电影时为春娇申请的邮箱，令他没想到的是邮箱居然有很多来信，信不是写给演员杨千嬅的，而是写给片中春娇的。大家明知那是虚拟角色，却还是认真地教春娇如何与志明相处。彭浩翔深受感动，才决定拍摄续集。

拍《春娇与志明》时，彭浩翔已经"北漂"两年，为了真正融入北京，他卖掉了香港的房子和太太来到了北京。

每天最让他感兴趣的就是闲逛和听人闲聊，《春娇与志明》电影里那个杨幂饰演的尚优优和余文乐饰演的志明第一次约会的"床吧"，就是彭浩翔在鼓楼后面一个偏僻的民宅找到的好玩场所。还有电影里的春娇的姐妹们聚在一起八卦男人的经典对白："这些男人一过了罗湖之后就不是人了！"以及"一辈子那么长，谁没爱上过几个人渣！"都是彭浩翔在酒吧听到的香港女生聊天时说的话。

如果说《志明与春娇》讲的是一对男女的相遇、相恋，那么《春娇与志明》要说的则是相处。由激情过渡到爱情之后，男女之间会有很多新的问题，彭浩翔在第二季里就是要来解决这些问题。

故事的开始，仍然是在香港，成为恋人的余春娇与张志明开始因为对方的疏忽和不在乎而争执。春娇搬走，志明看到她留下的字条，没有跑出去追刚刚坐上出租车的她，反而换上舒服的背心短裤，喝着啤酒玩着游戏。隔天他来找她，她没有见他，她还因为自尊心与他维持着冷战。她没有想到，她站在窗口看他开车离开的背影是她在香港见到他的最后一面。她以为他们不过就是像平常的情侣一样闹闹别扭，只要他解释跟道歉，她就会与他和好，但是他已没有挽回爱情的耐心。他跟她分手，去了北京。在前往航站楼的路上，他给她打了电话。心酸凝聚在她的眼眶，她忍住哭声叮嘱他，北京干燥，多吃梨子，睡觉前记得搭条湿毛巾在椅子上。

志明就是志明，无论是2010年，还是2012年，他都是那个遇到问题只会逃避，优柔又寡断的男人。

春娇明白在爱情里，谁付出得多，谁迁就得多，谁受的委屈多，谁就比谁多爱对方一些。在这场姐弟恋里一直是她，余春娇爱张志明多一些。

他们的爱情最终败给了细节。

原本属于志明与春娇的故事到此结束。但是命运的转盘偏偏安排他们在北京重遇。原本决定再遇到志明会用脏话骂他的春娇，却在见他的刹那，把问候词改成了"嗨，好久不见"。原来有些感情不是说放下就能放下的。就像志明不舍得丢掉行李箱里那个从香港带到北京的透明玻璃瓶，瓶里装着他和春娇戒烟前吸的那半支烟。就像春娇不舍得丢掉当初志明用饮料瓶给她做得烟灰缸一样，那些曾经发生过的暧昧美好的爱情回忆像潘多拉魔盒被打开了一样，重新回到了他们的生命中。

可是彼时，张志明身边已有90后美女空姐女友尚优优，余春娇也邂逅了成熟稳重对感情负责任的典型好男人。他们可以真正翻过之前的那页，可是这对已分手的恋人却像海报上写得那样"我们相爱，我们纠缠，我们分手，我们再见。"

有些恋人需要一恋再恋才能知道自己的真心。

就像志明与春娇，明明是那么有心灵契合的般配情侣，却要分手再恋，在道德绳索上走钢丝，通过伤害身边的爱人来得到爱。

志明与杨幂扮演的尚优优分手时，尚优优说："我那么好，你不要我。"志明说喜欢就是喜欢，他喜欢春娇是因为他觉得她好，她什么都好。

而春娇与徐峥饰演的典型好男人分手时，歉意又难过地说，他喜欢的她的可爱、她的有趣，以及她所有奇怪的想法，都是张志明传染给她的，她自己都不知道他什么时候影响她那么深。她好努力去摆脱张志明，最后她发现她变成另一个张志明。

2012年，在香港分手，在北京复合的春娇与志明在经历了爱的兜兜转转后又在一起了。

透过电影，彭浩翔表达了自己的爱情观——找一个懂得欣赏你的人。他说："很多时候会有一些外表很漂亮的女生，可能条件也很好，但不代表这个女生一定适合你。你看，张志明的前一个女朋友也很漂亮啊，但把干冰放在马桶里，她就没发现有什么好玩。其实张志明从此以后就没有长大，他一直是一个小孩儿，但是你要找一个欣赏你这一点的人，你才是真的找对了人。"

重来的人生更美妙

雾霾刚过的西安,在圣诞节这天下了一场雨。

因为是周末,刚好有一两个小时可以放松休闲一下的时光,于是泡一壶铁罗汉,看了这部叫《幸运钥匙》的韩国电影。

看电影之前没看简介,只知道是部黑色幽默电影,讲得是两个主角交换人生的故事。我对这类题材一般没有抵抗力,虽然明知这样的题材已不新鲜,可还是吸引得我一次次去看。像前段时间刚刚看过的《你的名字》。也许故事本身让我感兴趣的是主人公们有重新选择人生的洒脱魔力,是我们这些想改变而永远不敢改变的尘世俗人可望不可即的。所以我们一次又一次在电影里去做一个我们想也不敢做的梦。

影片从一个雨夜开始。一个穿着雨衣带着白色塑胶手套的男人在车里听着FM91.9播出的歌曲。

常看韩国电影的我马上预料到下一个场景一定是个血腥的杀人画面。

果真,穿雨衣的男人熟练而残忍地用刀结束了那个男人的生命后,把他塞进车的后备箱。扔掉作案工具后,西装革履的他开着自己的豪车扬长而去。

明明说好的黑色喜剧呢?怎么演成了恐怖变态杀手的故事。

紧跟着画面一转,切换到另一个男人的人生。他是邋遢的无名小演员,负债累累,又出头无路。他烧了过往的照片,准备用一条绳索结束自己的生命。忽然房东太太来敲门,说送给他一碗面。因为一碗面,他暂时放弃了轻生的念头。谁知这是房东太太催房租的绝招,打开房门,没有那碗温暖的面,有的只是责骂和嫌他脏死了的嫌弃。

他决定洗干净了再死。在公共澡堂,两个原本命运不该有交集的男人相遇了。

无名小演员看着杀手大叔的名表和鼓鼓的钱包,暗暗地羡慕了一下。

杀手大叔无视一切地走入澡堂,突然踩到一块滑下他脚底的肥皂……

戏剧性的人生开始了。

无名小演员捡到了杀手大叔的柜门钥匙,并把自己的钥匙和他交换了。他带着杀手大叔的名表,穿着他的名牌西服,开着他的玛莎拉蒂,住进了他的豪宅,过上了有钱人生活。

而杀手大叔,抢救之后醒来发现自己失忆了,只知道自己叫尹在成,三十二岁,口袋里有2000韩元,连住院费都交不起。还好救护人员丽娜借钱帮他结了医疗费,并按地址把他送回了无名小演员像狗窝一样脏乱的家。

第二天醒来,杀手大叔本能地把屋子收拾得干净整洁,住着舒适的样子。他在本子上记下属于自己的名字、年龄、资产。发现自己的爱好是打扫卫生,特长是刀子玩得好。

凭着特长他去了丽娜妈妈的年糕店打工。他用自己的刀工把食物做出迷人可爱的招牌饮食。无论是摆在餐盘的玫瑰花,还是铺在面上的鸡蛋萌宠笑脸,无一不让他成为一个浪漫大厨。

之后,他根据无名小演员记在台历上去片场的日期,继续他未完成的工作。买了营养品去看了他的父亲。发现他当理发师的父亲一直期待着他作为演员成功的那一天。他演的角色,无论多微不足道,无论在电视上出场多短时间,父亲都会按时观看。

为了成为一个好演员。他买了书自学表演知识,制定了如何成为一名演员的人生规划,有目标有计划,认真而脚踏实地地为梦想努力。

即使身处逆境,杀手大叔也能把自己的人生扭转成顺境。不但拥有了事业的成功,还找到了属于自己的爱情幸福。

相反,过上有钱人生活的无名小演员,他继续好吃懒做,没有目标没有梦想地活着,很快把豪宅又弄成狗窝。直到他爱上监视器里的女人,发现她是杀手的下一个行动目标。为了保护她,他丢失的责任感和个人英雄主义重新回到他颓废的身体,唤醒了他的斗志。

命运再次发生改变的还是一个雨夜。

杀手大叔和丽娜一家开心约会后,在回来的车上,看着车窗玻璃上不停摆动的雨刷,听着FM91.9播出的歌曲,杀手大叔的回忆全部回来了。

有些人生,那是我们无比厌弃却不舍得丢掉的。因为一个意外,因为一个新出现改变自己命运的人而全盘改变。改变之后,我们发现原来丢掉旧我,重来的人生更美妙。

就像杀手大叔对丽娜说的,他想留在她身边,把他过往的回忆全部抹去,想以她认识的那个人身份,留在他身边。虽然他不叫这个名字,不是三十二岁,他的年龄大到可以做她的舅舅。可是他还是爱这个让他重新活一次的女人。

《幸运钥匙》的确是一部轻松幽默的电影。在这个以看脸养眼的时代,我们更喜欢孔侑、李东旭那样的死鬼CP魅力男,所以当杀手大叔出现时,我一时真接受不了他丑爆了的长相。而饰演无名小演员的李准，本来长着一张偶像的脸，可是因为邋遢的形象，也是让人看着大打折扣。可是随着剧情推进，丑大叔可爱认真生活，追寻梦想的憨劲又让人可以忽略他的外表，被该人物的人格魅力吸引得看下去了。

其实，皂滑弄人的故事最早的构思鼻祖来自日本。我很早以前就看过类似的一个日本短剧。看影片介绍，才发现这部电影果然翻拍自2012年日本的《盗钥匙的方法》。比起日本电影的舒缓节奏，这部电影故事节奏更快，黑色幽默运用得更娴熟。

如果人生真的可以交换，那该是件多么有趣的事情。

每个人心里都住着一个孩子

我家女儿一考完试就会把背过的课本内容从大脑删除,说要清理内存好好放松一下。女儿让我陪她看部电影,结果她挑了这部《帕丁顿熊》。

说实话,看之前我还有点担心。我怕这只英国的帕丁顿熊和美国的那个泰迪熊一样喜欢说脏话、迷恋大麻、爱泡妞、叛逆又暴脾气。青春期的孩子已经够叛逆了,我不希望一只熊再来给我们添乱。

没想到这个喜欢柑橘酱,身穿蓝色牛角扣大衣,头戴红色小礼帽,拖着一只英伦范儿旧皮箱,没穿裤子的小熊,它呆萌、善良、有绅士风度,还有家庭观念,是个让人看了就想忍不住抱回家的治愈系小熊。

帕丁顿熊来自神秘的秘鲁。它的原型，来自现实中的濒危动物——安第斯眼镜熊。父母去世后，它一直和叔叔婶婶生活。叔叔婶婶在很多年前救过一个闯入森林的伦敦人，伦敦人送给它们一瓶熊都爱吃的果酱，和一顶红色的绅士帽子，还诚挚地邀请它们去伦敦做客。

伦敦人走后，叔叔婶婶学会了做果酱，学会了英语，它们盼着有一天可以去伦敦时用到。结果一场地震带走了叔叔，伤心又衰老的婶婶决定住进熊养老院，它写了一张"请照顾这只熊，谢谢！"的卡片挂在帕丁顿的脖子上，让它坐船去伦敦找当年邀请它们去做客的人照顾这只孤独的小熊。

靠着几十瓶柑橘酱撑过船上最难熬的黑暗，终于来到伦敦的帕丁顿迷失在茫茫人海中。没有人留意到这个频频脱下帽子表达自己礼貌问候需要帮助的小熊。又饿又疲惫的它坐在自己那只英伦范儿的旧皮箱上，被人们的冷漠弄得伤心又无所适从。直到Brown一家发现它。

女主人把它带回了家，并给它起了一个值得纪念的名字"帕丁顿"。

帕丁顿刚到这个家并不受欢迎。Brown把帕丁顿当作危险和麻烦，希望妻子第二天能把这只熊送走，永远离开自己平静的家。

帕丁顿在无人的阁楼顶层寂寞地给秘鲁的婶婶写信。

它发现每个家庭都有自己的烦恼和问题。Brown的妻子总是遇到创作瓶颈，画不出她心里的英雄模样。女儿有窘迫症，不喜欢与人交往，不喜欢别人注意她，不敢向喜欢的男孩表白。儿子一直想当宇航员，在家里弄东弄西地做实验，失败的破坏力让父亲头疼地阻止他继续实现梦想。Brown先生以前是个酷酷的洒脱之人，子女出生后他变得小心翼翼，渐渐失去自己在家人心中的地位。

而总会搞砸事情，又总会在失落后重鼓信心，坚定地相信爱与真诚力量的帕丁顿改变了这个家，让这个家找到了爱、包容、平等的快乐相处之道，并与他们成为家人。帕丁顿终于在伦敦找到了家庭的温暖。

电影中，帕丁顿一直坚持不懈地寻找着当年去过秘鲁的伦敦人。当它终于找到他家时才发现，他已经去世了。而他的女儿为了把它制成动物标本展示在自然史博物馆，费尽心思地捉拿它，使它一次次陷入危险之地。

当顶着一头金色短发的妮可·基德曼出现时，我都不敢相信，妮可这样的大明星居然去演一个大反派。

妮可·基德曼的经纪人以为她不会接下这个角色，但是没有料到妮可本人是帕丁顿的铁杆粉丝，她的童年愿望之一就是能够有一只帕丁顿熊住在她家里。身为一个动物爱好者的她，为了演好这个角色，还特地参加了一门动物标本制作课。

我女儿说看了《帕丁顿熊》后爱上了伦敦。

的确《帕丁顿熊》就像一张英国的旅游观光名片。在影片中，我们随着"偷渡者"帕丁顿从伦敦港上岸经过的第一个地方就是素有"伦敦正门"之称的伦敦塔桥。然后我们看到了泰晤士河畔高大璀璨的地标性建筑"伦敦眼"、圣保罗大教堂、自然历史博物馆，就是大反派妮可·基德曼屡次想把帕丁顿抓去制作标本的有着典型维多利亚时期特色，欧洲最大的自然博物馆。还有Gruber的古董店，那个用奔跑的小火车模型冲咖啡的古董店，它其实位于诺丁山的波托贝洛路，是伦敦著名的露天复古市集之一。以及白金汉宫，当影片中的帕丁顿发现自己不受欢迎，离家出走，为了躲伦敦永远下不完的雨，进了卫兵的小屋子。当它拿出藏在帽子里提供卡路里和维生素的三明治不舍得吃时，那个士兵取下自己头顶高高的帽子，也和它一样喜欢在帽子里藏食物的士兵，在帕丁顿最失意时请它吃了顿美味的下午茶。这个小细节让女王家的府邸有了世情的温暖。还有，最重要的就是帕丁顿与Brown一家相遇的那个帕丁顿车站，车站有一个专门卖帕丁顿熊的玩具店。

据说，帕丁顿熊的诞生灵感也是一个和爱有关的缘分。1956年，儿童文学作家迈克尔·邦德在伦敦帕丁顿车站附近的一家店内看到货架上最后一只泰迪熊，心生恻隐之心，于是买了回家送给了他的妻子。没想到，这只小熊激发了他的灵感，用了十天时间创作了一本故事书《一只叫帕丁顿的熊》。他在写故事的时候并没有确定这就一定是本儿童读物，甚至连要不要出版都没有想过，他说："我只是把我年轻的时候喜欢的东西写进去了而已。"

他没想到自己笔下的帕丁顿熊有一天会这么有名,让世界各地的旅人路过帕丁顿这家店都忍不住停下脚步,进去看看这只来自英国著名的帕丁顿熊。

我也渴望有一天能来到伦敦的帕丁顿车站,抱一只可爱的帕丁顿熊回家。

每个人心里都有一个呆萌的帕丁顿熊。它就像住在我们心里的孩子,让我们时刻保持童真、善良,以呆萌的心情治愈我们心里的孤独和忧伤,和躲在我们心里那个不肯长大的孩子和平相处。

不哭到微笑不痛快

不知道是不是因为做了父母之后心特别柔软。

看《嘿,孩子》里蒋雯丽和郭晓冬扮演的那对失去孩子后,一直走不出心理阴影的夫妻,满是泪点和痛点。

他们是妇科权威专家,接生了一万个孩子,却没能留住自己最爱的孩子。那天早上,他和爸爸妈妈说再见后就再也没回来过,一场车祸把他从父母身边带走。

那之后,他房间里的一切都没有动过。她每天回家都会在他的小床上蜷缩着躺会儿,抱着他玩过的毛绒玩具,好像那上面还有他的呼吸和味道。

白天在医院,他们还能聊聊病历,晚上回家反而无话可说。

一张长长的桌子把他们隔在家的两端。他们各自吃饭、各自学习、各自睡觉,过着互不打扰的冷暴力婚姻生活。

她受够了这样的低气压婚姻,她想和他重新要个孩子。可是卵巢衰竭,让她失去了做妈妈的希望。

她要借卵生子,他不同意。

她宁愿为了一个孩子失去做女人的底线,成为一个代孕工具。

她说,她甚至愿意这个孩子是她丈夫和别的女人的产物。因为他身上还有一半他丈夫的血脉。

他说,如果她非要借卵生子的话,他们就离婚。

她关了手机,没回家,任谁也找不到她,直到她朋友发来信息说她在酒吧。

他和她的家人赶到时,她正抱着话筒痛彻心扉地唱那首《死了都要爱》。

她说,可能大家都不知道她是怎样爱上他的。

大学一年级的时候,新生介绍会。他当着全班人面说,他是农村来的,五岁就没了娘。就从那一刻起,她觉得她要保护他,她就把家里的吃的用的都拿给他。

第一个学期假期回来,他背了两麻袋的萝卜给她,说是刚从地里拔出来的。害得她吃了一学期的萝卜,生着吃,煮着吃,凉拌着吃,不是打嗝就是放屁。

大学的几年,他从来没回过家,一放假就去医院做护工挣钱。他从来都不让她去食堂,每天都把饭打来给她吃,他不怕同学笑话,每天晚上给她端洗脚水让她烫脚。

她说,她不爱他爱谁啊。

这么多年,他们没红过脸,没吵过架,谁都说他俩是模范夫妻。可就是这么一个爱她疼她十几年的丈夫,他今天说要跟她离婚,因为她生不出孩子,因为她的卵巢功能衰竭了,她想借卵生子。

他一记耳光打在泪流满面的她的脸上。

他们的故事演到这里，我的脸上早已经是止不住的泪。明明是那么相爱的夫妻，在最纯真的年华，为爱吃过苦，扛住过贫穷，扛住过为梦想打拼的艰难，扛住过成立一个家的责任，终于在婚姻里成长，过出人人都羡慕的幸福来。可就是这样一对人人都羡慕的模范夫妻因为失去孩子，把他们的日子过成了创痛性婚姻。虽然，他们一再努力掩饰自己的伤口，让那疼变得麻木，不再戳痛人。可是我深知，这种创痛性婚姻最怕改变，一变，曾经掩饰得很好的伤口就会溃堤，最后一定会因为无法忍受那种痛的窒息感而分离。

果真，他们还是离婚了。

明明还深爱着，却只能做最了解、最关心对方的朋友。

这种创痛性婚姻是最难自愈的。一旦婚姻遭遇致命性创伤，比如出轨，比如失去孩子，比如沉默的冷暴力，那么一定随时会被不知何时而来的毁灭级的情感海啸吞没。

有一句话说，如果你想得到你从来没有得到的东西，那么你就得去做你从来没有做过的事情。如果你想让你的婚姻变得和以前不一样，那就要做些和以前不一样的事情。

那年夏天你去了哪里

这一年胡歌的戏特别少,《猎场》的播出被一推再推,唯一还能让我家胡椒期盼的就只剩下胡歌首演反派的电影《那年夏天你去了哪里》。

说实话,看之前我对这部电影没抱太大希望。我挺怕这部电影和《捉迷藏》一样是那种昏暗的调调,胶片色彩老旧得像十几二十年前的怀旧片,人物的设定离不开底层和心理疾病的惯常题材。就像《捉迷藏》,我只看了二十分钟就退出了。我猜测霍建华扮演的那个角色是个心理有疾病人格分裂的人,但最终我没有去寻求我猜的答案是否正确。因为我们最终寻求的是心里能产生共鸣的片子。好的影片应该具有带入感,能把你带进主人公的命运,陪他(她)

同悲共喜。

去看《那年夏天你去了哪里》的影厅不大，九排座位，坐了十五个人左右，我家胡椒说来看电影的应该都是胡歌的真爱粉。

因为已经知道胡歌是劫匪，所以当他穿着卫衣，用帽子在暗夜遮住自己的脸，一直尾随主人公一家，偷窥他们生活时，我一点儿也没有紧张感。因为一直看不到胡歌的正脸，我家胡椒还着急得不行。好不容易等到胡歌露出正脸，因为全片贯穿始终的恐怖音乐和突然拉近的人物特写，还是把我家胡椒吓得半死。

影片在中美两地取景。故事发生在十二年前的洛杉矶，少女阿樱和妈妈还有姐姐在花园种郁金香。妈妈只喜欢讨巧懂事的小女儿阿樱，这激怒了一直嫉妒妹妹的姐姐，她拔出了妹妹刚刚种好的黄色郁金香，说出了一直讨厌妹妹的恶言。在伤害了妹妹后，她独自留下妹妹一个人在花园，自己回屋打开冰箱门，对着瓶口咕嘟咕嘟地一口口灌下冰凉又悲伤的番茄汁。

再回到花园时，妹妹消失了。

他们接到绑匪的电话，妹妹被绑架了。因为父亲报警，绑匪再打电话来说撕票了。

他们一家搬离洛杉矶这个给他们带来伤心的回忆之地，回到香港。

姐姐并不比遭到绑架的妹妹活得轻松，扮演姐姐的宋佳说："她过得很惨，心理压力很大，她对妹妹的感情从嫉妒到内疚、懊悔，家人也对她很疏远。妈妈对姐姐甚至有一种怨恨，认为姐姐曾经对待妹妹的态度，导致了这个不幸的发生。"妹妹离开后，她成为一个心理医生，她想救助创伤后遗症的孩子，结果她发现自己其实就是一个有着创伤后遗症的人。父母长期以来对妹妹的偏爱，以及妹妹离开后对她的怨恨和冷漠，使她因为缺爱和内疚，成了一个内心有着难以愈合的创伤的人。

直到消失了十二年的妹妹阿樱重新回到这个家。原来，她并没有被撕票，而是一直被绑匪关在暗黑的地下室，最后被警察解救了出来。

姐姐发现重新回到这个家的妹妹好像变了。她不再是当初那个乖巧善良的妹妹，眼神常常邪恶又冰冷。妹妹回来后发生了很多离奇事件，身边的人一个个出事遇害。连已经和小三分手想重新找回家长责任的爸爸也没逃出厄运。

妹妹是带着对这个家的憎恨回来的。她遭绑架后的两年，绑匪曾经放过她，她回到洛杉矶的家，结果发现家人不见了，房子被卖了。胡歌饰演的绑匪抚着她的头说，早就告诉过她，她和他一样是被遗弃的人。

胡歌饰演的绑匪是个有着躁郁症精神分裂的男人。十几岁之前一直和母亲相依为命地活着，母亲和他一直不能被父亲的家庭接受，最后死于毒品。母亲去世后，不幸的经历把他缔造成一个"恶魔"。他有超高智商，计划事情严谨缜密，且拥有为达目的誓不罢休的耐心与狠绝。绑架阿樱与她生活在一起的十二年，可能是他生命里唯一还有希望的十二年。胡歌透露，他和颜卓灵扮演的阿樱感情很复杂："既有情感，又有阴谋，我们两个人就像两颗齿轮，每一个齿都是能够咬合在一起的。"

这部电影严格意义上应该是林家栋和宋佳是男女一号。可随着一环扣一环紧凑的剧情看下来，你会觉得这是一部以胡歌饰演的反派和颜卓灵扮演的阿樱两个人为主演的电影。颜卓灵真是一个内心和眼神都有戏的女孩，长发哀怨时像少女版汤唯，剪短头发透着阴暗眼神时，又仿佛让我们看到《寻龙诀》刘晓庆身边的那个"假小子"。

而胡歌饰演的杀人不手软的恶魔，虽然有着高冷、阴暗、凶狠的残忍一面，可他演的这个角色不像一般的反派让人讨厌，他演得这个坏人会让人心里滋生出同情，觉得他可怜不可恶。胡歌表示，其实表演的过程并不轻松："我不仅仅是去模仿或者扮演一个壳，更要把那颗黑暗的心装到自己的身体里面，你才可以让这个角色成立。"电影中，胡歌的表演颇有挑战性，既有歇斯底里的神经质状态，又有血腥之下的点滴温情。对此，胡歌坦言："每一次要演得比较极端的时候，那个感觉很难去形容，每一遍演完，都要靠深呼吸来平复一下自己的情绪。"

导演周隼说这个故事的创作灵感来源于2014年美国发生的一系列犯罪案件，在这些案件中，遭到绑架的女孩儿多年下落不明，她们其实没有被撕票杀害，而是选择和绑匪生活在一起。对此，他和创作团队费时一年打磨剧本，希望创作一部不一样的悬疑电影。他说："不论东方和西方，家庭都是很重要的概念，每个家庭都会有隐藏的裂痕，不加注意，这些裂痕就会从黑暗里冒出来，给这个家庭带来摧毁性的伤害，这部电影也是讲述了这样一个概念的故事。"

影片从开头到结尾都以黄色郁金香点缀主题，黄色郁金香的花语是"没有希望的爱"。

"没有希望的爱"是悲剧的开始，想把人生的悲剧变成喜剧，唯有平等地爱人、温柔地对人、包容地接纳人。心暖了就会有希望，有希望就有爱，有爱的人生才能演出我们都爱的温暖结局。

我们一起去离再见最远的地方吧

他出身豪门，身为日本百年建筑公司"新津组"董事长之子，却隐藏自己的本名"新津诚"，而更愿大家记住他动画导演的名字"新海诚"。

他曾在官网中表示，创作《你的名字》的灵感之一是小野小町的和歌，大意是说，怀着对你的思念入眠就一定会在梦里见到你吧。可如果知道那是梦，我情愿一梦不醒。

新海诚说，他从小对画人物没什么兴趣，最喜欢画风景，尤其是云。他总会用水彩来画云。云十分难画，它是气象的总体呈现，上头究竟吹着多强烈的风？会不会很冷？要花上更多的心思才能画出自己想要表达的意境。

《你的名字》开篇也是从云开始的。云在不同光线下变换出不同的色彩，因为一颗每千年回归一次的彗星穿越云层，分裂，下坠，秒速下坠，故事开始了。

　　她叫宫水三叶，生活在日本一个小山镇糸守町。她不喜欢母亲去世后的生活；不喜欢父亲为了政治做了镇长，看见她和同学走来，用扩音器叫她的名字，让她抬起头走路；不喜欢作为神社的巫女主持当地祭祀活动，用嘴把咀嚼后的米密封发酵酿成口嚼酒，被同学笑话；她不喜欢两个小时才能来一趟车，没有咖啡店的小镇。她做梦都想去自己一直心仪的东京生活。

　　他叫立花泷，生活在大都市东京，和爸爸同住，两人每天轮流做早餐。他会自己带拿到学校吃的午餐便当，放学去餐厅打工，暗恋与自己一起打工的美女学姐，却不敢表白。他沉闷、内向，每天过着一成不变的平淡生活。

　　让一切发生改变的是彗星即将造访地球前的某天早上。男孩儿女孩儿在梦中互换了身体。三叶穿越到了东京，过上了她一直想要的生活，还帮助泷和自己暗恋的女孩儿圆了第一次约会的梦想。而泷则来到了糸守町，变成了一个帅气的女生，勇敢地帮她面对所有流言蜚语。互换身体之后第二天，两人又会重新回到各自的正常生活。之后就这样，他们不定期地在梦中交换身体，并给对方留下当天的日记，用文字互相交流。

　　他们尚未真正遇见对方，便已经比任何人更了解彼此。

　　之后有一天，目睹了彗星壮美景色的泷发现，三叶忽然从他的生命中消失了。与她有关的一切，日记、梦全部被抹去了。

　　他凭着记忆去寻找她，才发现他们处在不同的时空。

　　为了找到她，他来到她的故乡，进入普通人被禁止的神域，喝了她的口嚼酒。传说进入体内的东西会转化为能量和灵魂相连接。他穿越到她的时空。都说在黄昏之时，可看见非人之物，所以那刻他们得以相见。

　　电影里的口嚼酒让我想起至尊宝的月光宝盒，至尊宝一次次的穿越也没有挽回他和紫霞的爱情，最终变成他心底的一滴泪。

　　其实，类似这样的交换身体和时空穿越的题材，本已不新鲜。可是奇怪的是，这样的题材又好像永远都不会过时，无论何时都是那么吸引人一看再看。

都说："距离产生的悲伤，光与影的艺术，风景的真实性，音乐的叙事感……"组成了"新海诚"三个字。

新海诚的作品中，故事发生的舞台大部分都是以真实风景作为背景的。如此真实的场景，近在身边的东西被还原，以漫画的形式描绘出来，很容易让人投入感情。

无论是影片中的东京还是糸守町，都让去年7月刚去过日本的我怀有某种亲切的感情。

日本是一个能种树种草绝不多盖一间房的国家。70%都是丘陵绿地，农田整齐规范，苍翠欲滴，像园艺作品。云彩低得像落入海里游弋的鱼。整个国家房屋最集中的地方只有东京，在新海诚的《你的名字》里我看到了东京塔，以巴黎埃菲尔铁塔为范本建造的，看到了JR线，看到街头川流不息的人群，想起这一年的这一天，我也像动画片里的人一样曾走在这样熟悉的街头。去过一家站着吃的寿司店，尽管语言不通，大厨还是连比带划地热心地纠正我在国内吃寿司的不正确方法，告诉我寿司不能放在有酱油的小碟里蘸着吃，要将小壶里的酱油滴在上面吃。吃鳗鱼寿司时，他摇摇头拿走酱油壶，让一口吃掉更美味。因为鳗鱼已经提前腌制过了，所以不用任何的调料。我还记得他倒给我抹茶时，我说味道很棒时，他心领神会双手合十表示感谢的友好笑容。

而糸守町让我想起回国前在多武峰温泉酒店住过的那一日。多武峰的对面也有一个像三叶家那样的神社，山脚下有红色的木门楼，门楼后高高长长的看不到尽头的阶梯好像直通云端。路边有大量的植被，种着随处可见的百合和绣球。我一直记得我到酒店的那晚，因为女儿中午吃神户牛肉不消化，想吐又吐不出来；难受得蜷缩在榻榻米上，脸色及其难看。我又没带药。想出去买，酒店周围又只有卖特产的。庆幸的是遇到一个在日本打工的台湾留学生，她帮我在前台说明情况后，人家体贴地把女儿叫过去，免费地提供了两天吃的药。女儿吃了药后很快就好了。

异国他乡在我最需要帮助的时候，真的体会到的是满满的感动。

新海诚把我的记忆再次带到日本，让我想起那段难忘的旅程。

很多人看了新海诚的作品都很想去故事发生的地点看看，在那些地方体会和主人公一样的心情，享受着主人公擦肩而过的错觉。

如果有机会我想去新海诚的家乡长野县诹访湖看看，也就影片中的糸守町"糸守湖"的原型。在黄昏之时，感受三叶和泷那个时空穿越的悲凉爱情故事。

有人说他是影坛"壁纸大师"，有人说他是"宫崎骏接班人"。他直言自己绝对成不了宫崎骏。宫崎骏的电影从幼儿园到成人都可以看得很开心，他拍不出这样的电影。

新海诚在电影宣传册中说："这是一部献给所有正值青春期的年轻人和内心仍旧怀抱青春期残片的大人们的电影。"他希望大家可以通过这部电影相信未来。他说人生始终处在一个和他人邂逅之前的状态，"如果你现在正孤单一人，或者陷入一段不可自拔的迷恋，一定要相信，总会在某个今天尚且素不相识的人中，找到今后对自己十分重要的存在。"这是他透过《你的名字》想要告诉我们的。

爱情也是冰雨

下午开始头一直昏昏沉沉的,这些天总是很累,一部电影要看好几天才能看完,总是困,却不能好好地睡上一觉。

夜里睡不着时,我开始躺在沙发上看这部电影。说真的前半部分节奏缓慢,不上太喜欢,沉闷一度让我有想放弃的念头,但还是坚持看了下去。没想到后半部分竟是那样出彩,深深地感动了我。

冰雨是在冬春季节交替时会出现的一种自然现象,当春季到来而寒流未退走时,天上落雨到地,当地表温度低于零摄氏度雨水落地成冰,雨落地后不能汇集在一起,也不能与地表融在一起,而是大面积地形成冰。

爱情也是冰雨。即使寒冷绝望的白色冬天已逝，初春绿色的爱情希望就要来临，但寒流未退走时，即使春雨降临也仍是生命中的冰雨，没有选择，也没有退路，只能看着回忆在无法融化的冰上跳圆圈舞。

《冰雨》是一部十三年前的韩国电影，即使今天看来，它也仍然不失为一部小清新的文艺爱情电影。十三年前我曾经因为那颗"爱情智齿"而感动，十三年后我仍然因为这颗折磨着人疼痛的牙齿而心痛。据说智齿是因为爱情而生长，每个女人在忍受它疼痛的同时都甜蜜地爱过一个男人。

传说在阿拉斯加山上可以看到失去的人。于是每年有很多很多的登山爱好者来到这里。

这一次，两个男人因为爱的回忆来到这里。在寒冷寂寞的雪山，讲故事是唯一的乐趣。

宇成说，1998年圣诞节，他在地铁站遇见了自己的初恋。她小时候总是欺负他的头发。很多年过去了，他依然记得她，想念她，而她已认不出他了。他却像个小尾巴一样从此跟在她的身后。帮她换保险丝，陪她在图书馆做义工，给她买又酸又甜的石榴，给她炸年糕。她的一句话，一个眼神，一次微笑，都在他的心里。因为他的眼睛从未离开过他。他们在一起的时光很快乐。

有一天，快乐忽然从她的脸上消失了。她忽然离开了他的视线。他们见面的时间越来越少，而他仍然默默地跟在她身后。

在图书馆，她跟女友说长了智齿，很疼，很饿，很想吃薯条。他便买了来。

她贪婪地吃着，嘴角沾了白色的盐粒。他一如既往体贴地用手帮她拂去嘴角的盐。她却忽然生气地打开他的手。

他抽回自己的手，眼里有泪，不知何时他们的感情已经开始改变和疏远。

后来，她搬家，一个人悄悄地走了，没有告诉他。

费了很久，他才找到她的新住处，买了金钱菊贺她乔迁。

她很冷淡，不欢迎他进来。他从门缝里看见了男人的鞋和衬衫。他愤怒而伤心地离开了。

后来，她来找他，跟他道歉。

他问她：那个男人到底哪里好？

她说：她甚至不了解他，可是见不到他，她会茶饭不思，会觉得干什么都没有意思。而这个男人却令她伤心欲绝。

他没有告诉她，那也是他对她的感觉。他难过地祝福她。

可是，她说，他们已经分手了。

他问：你们为什么不能在一起？难道他结婚了。

她不说话，脸上写满了伤心。

他瞧不起这样为爱情作贱自己的她。

她打了他一耳光。手上的登山手表摔在地上，表蒙的玻璃碎裂成无数的伤口，像他的心。

她最后一次见他，来跟他告别。她说她要去一直向往的阿拉斯加山了。

他把修好的表给她。她不要，让他先为她保管这块表，等她回来后再来拿。

她转身要走。他忽然叫住她，问她可不可以交往？

她问他："什么是交往？"

他说交往就是一起去看电影，去咖啡厅喝咖啡，去好点的餐厅吃饭。

她说："我们不是一直在交往吗？"他愣住。

她说："等我回来，我们就试着交往一下吧，去看看电影，喝喝咖啡。"

他在幸福的笑容中等着她。可是她永远留在了那座雪山，把她的爱情和梦都埋在了那里。就像她留给他的那块表，过去的时间已经过去了。他必须在新的时间开始新的生活新的爱情。

但是他却戴着她送的表，来到了阿拉斯加山，因为她说登上这个山峰就可以看见失去的人。他想再次看到她。那是他第一次登山，遇到了暴风雪。他的绳索断了，为了救他，另一个男子受了伤。

在山洞里等待救援的时候男人跟他讲了自己的故事。

男人和女人是在一次登山俱乐部的聚会时认识的。两人一见钟情。男人努力克制和压抑自己的情感，好让自己不去接近她，因为他已经结婚。可是爱情来临时如洪水猛兽，一下子就吞没了他心里的那份理智。

他们一起去登山，她丢了一只鞋子，他会去偷另一双女人的鞋子给她，虽然那鞋子大得走不了路，可她还是欣喜和感动的。

和他在一起的日子，美好而短暂。她吻他的唇，他的眼睛，还有他的心，说这些都是她的。抚摸着她的身体，他觉得自己好爱这个女子。

有天，她送给他一份特殊的礼物：一颗拔掉的智齿。她说那颗牙齿叫"爱情牙齿"。

他笑，说那像颗棉花糖。

她与他胡闹，那颗牙齿掉进了炭火盆，她很遗憾，问怎么办？

他忽然伸手进炭火盆捡起了那颗牙齿。手被烫伤，留下永久的伤疤。

女人明知道他是个令人爱到伤心欲绝的男人，却还是贪恋，想得到更多。于是，她一个人从宿舍搬了出来，只是为了见他更方便。

那个下雨的午后，男人来找女人。女人把他的湿衬衣挂起来，想给他熨干。有朋友忽然找她，她没有开门。她不想让朋友看见她尴尬的爱情。

男人忽然有些恼怒，从衣架上取下他的湿衬衣穿上要走。

女人说穿湿衬衣会感冒的，要帮他熨干。

他气："我有让你帮我熨衬衫吗？"

她也气："我有让你娶我吗？恶心，你真让人恶心！"

他甩了她一耳光说："你现在觉得恶心了吗？"

她说："分手吧。"

他没有说话，摔门而去。

失恋后的他又去登山，想借着登山的刺激忘记爱情的痛苦。结果发生意外，受了很重的伤。他想用这种方式给自己心里的伤口一个正当的痛苦的理由。

女人来看他，碰见了他的妻子，她跟他妻子说自己是他登山队的队员。

女人对男人说，不用再痛苦了。之后礼貌地和他妻子告别。

他忽然失去理智，用力拔掉输液瓶上的针管，不管不顾妻子的叫喊，追了出去。

女人看见他，泪流了下来。她没有说话，推开旋转门离他而去。

在地铁里，她手里一直握着他妻子给她买的热饮。

在地铁里，她又一次看见了阿拉斯加山的海报，也再一次坚定了她的决心，她决定去那里登山。

男人也去了。

不想，还是出了意外，她的挂钩脱离了峭壁，失去了支撑点，身体坠了下去。

他去救她，用他的绳子牵住她的。做了种种努力仍然无能为力，他的挂钩撑不住两个人的重量。

她取出了刀子，割断了自己的绳子。她的身体像盛开在高山上的雪莲花，美丽地飘落……

她跟他说，她不后悔……

他很想念她，所以他再次来到了阿拉斯加山。

故事讲完时，两个男人才知道他们爱的是同一个女人。

受伤的男人让宇成走。

宇成哭了，满脸的泪水。他说，他一定要救他，他是不会丢下他的，他不能让男人死在这里，和他心爱的女人在一起。

他用绳子绑着男人的身体，挂着他在雪山上行走，直至他没有力气。

男人解开了绑他的绳子，身体很快在飞舞的雪花中冰冷了。他不后悔，因为他终于在阿拉斯加山上见到了他失去的爱人。

宇成被救援队救了，当飞机飞过山顶时，他仿佛看见了两个失去的人幸福的微笑。

你说人生艳丽我没有异议

因为各种原因没有看《后会无期》，但是朴树那首歌一直听了很久。

今年早早买了年初二去看《乘风破浪》的票。进电影院之前，还看到微博抵制韩寒直男癌，徐娇为捍卫女权发表坚决不看这部电影，引发持续发酵的热议。再就是豆瓣很多的一分评论直接拉低了该片的评分。大年初一的票房也是贺岁档里不高的一部，还赶不上《熊出没》。

一部电影还没上映，先受抵制的，大概也只有韩寒了。

严格意义上说《乘风破浪》是我看的韩寒导演的第一部影片，看电影之前没看预告片，只知道彭于晏和赵丽颖演的是邓超的爸妈，我还挺好奇这样的一个组合。比彭于晏和赵丽颖大那么多的邓超怎么演他们的儿子？电影给了我一个满意的答案。

公路、赛车、英雄情结一直是男人未完成的梦，永远是现在进行时状态。而亲情永远是陪伴的路上被误解最深的爱。

影片的开始，即是极速赛车，赛车弯道的每一次漂移都是一次惊险。当邓超饰演的徐太浪冲破彩烟到达终点取得冠军时，他的获奖感言居然全是对父亲的恨，他感谢父亲的反对让他取得今天的成功。

从小他就是一个没有爱的孩子，在他最需要母亲的时候，只能看到照片上被手抚摸得模糊的看不清的一张脸。据说妈妈是因为他父亲坐牢得了产后抑郁症跳楼死的。父亲出狱后变成一个暴躁的中年男人，最爱对他做的一件事就是用脚踹他的脸。在他的成长岁月里，永远都是自己选择做一件事父亲反对一件事，他一直按着父亲给他选择的路走。他说喜欢开车，父亲就让他去医院开救护车。父亲毁了他的梦想，他讨厌对他人生指手画脚的父亲，叛逆的他决定走自己想走的路，实现自己的梦。当他取得成功，开着自己取得第一的赛车载着父亲飙车、取笑父亲教育失败时，一辆火车将他开的车高高撞向空中，都说人死之前可以像看电影一样看到自己的人生，可他看到的却是父母的人生。

一场车祸，带给他一场奇妙的穿越之旅。他回到1998年的亭林镇，他出生的前一年。

这是一个港片流行的时代。小镇的青年们穿着花衬衫、牛仔裤，骑着摩托车去电影院看周润发在银幕上做英雄，然后组建自己的帮派，当老大是每个男人的梦想。穿越到父亲生活的那个年代的徐太浪结识了爸爸徐正太的两个兄弟，六一和程序员小马。

徐太浪看着想靠录像厅和存货BP机几年后再卖发财的父亲和他的兄弟在平顶的楼顶喊着"这个世界是不会变的"，他只觉得好笑。但他又感慨："这个时代真好啊，大家联系不用手机，吃饭不刷微信朋友圈，找人喊一嗓子就找到了，但是世界会变的。"就像他听说小马想开发oicq，问他的名字得知他是马化腾时，他说你走你的路。不适合做小弟的小马果真留下一封被雨淋湿的信坐着火车追寻自己想闯的路去了。

而待在父亲身边二十多年，准备和父亲结婚的女人，当他得知她的名字不是自己妈妈的名字时，他想到了阻止和破坏。

在和年轻时的父母相处的这段又温情又刺激又幸福的时光里，徐太浪找到了生命里丢失的母爱和父亲的兄弟情。

他明白了，亲情只有你们站在一个高度一个角度，才能理解对方，那些曾经让你抱怨憎恨的伤害恰巧是最真心动人的爱。

很久没有看过这样一部让人笑中有泪，台词用心，笑点新颖，演员情感饱满，可以瞬间引发集体回忆的影片了。

徐正太他们在电影院里，手里拿着的那个用纸卷成的三角形的包瓜子的袋子，马上让我想起我们的电影岁月。那时都是和父母看电影，电影票通常是父母单位发的，座位是对号入座。每次看电影时，我们都会买那种用报纸包的，一毛钱一包的葵花瓜子，那是每家看电影的标配。后来听说报纸含铅，大家不再吃报纸包着卖的食物，可那个年代看电影的美好记忆一直停留在脑海中。

《在雨中》的歌更是让我们在大合唱的熟悉旋律中找回只属于我们的时代烙印。

邓超说电影杀青好多天之后，做了一个梦。他同时梦到了彭于晏和自己的父亲，三个人困在一场巨大的海啸当中。他拼命往高楼上跑，潮水一直在身后撵着他，眼看着那楼一层，一层，一层，接连不断地被海水淹没了。他心急如焚，只想着怎么救人。浪头扑到最高层，突然毫无预兆地停了下来。然后一晚上，消退过去。三个人都没事。太真实了——他惊醒，第一反应是拉开窗帘，看看这个城市还在不在。窗外阳光很好，他想起来，自己正在妻子孙俪的剧组探班，而《乘风破浪》早已经拍完。或许这就是好电影之于好演员的意义之一：让你更深入地发现自己。

首次和韩寒合作的彭于晏说在拍摄《乘风破浪》之前，他并不认识韩寒，只读过他的文章，关注过他的微博。有一天，他收到韩寒发来的微博私信，他留了他的电话，让他和他联系。他还以为韩寒的微博被黑了。为了保险起见，他发了一条短信过去，署了自己的英文名，对方几天没回。原来韩寒并不知道他的英文名，直到他打电话过去，双方才确定了合作关系。真正和韩寒接触之后，彭于晏发现，韩寒是一个很温和也很冷幽默的人，相处起来让人很舒服。难得尝试演喜剧的彭于晏希望用正太这个角色去开发自己轻松幽默的另一面。他说："这部电影里每一个人的人生都在乘风破浪，我觉得生活中也是，每一个人都要乘风破浪，去突破自我。"

作为联系父子情感纽带的赵丽颖，在片中也给人眼前一亮的感觉，大多数人都说赵丽颖扮演的小花好漂亮啊，小花告诉我们做古惑仔的女人是要付出爱的代价的，刺激、崇拜和危险是并存的。爱上什么样的男人，你就会是什么样的女人。爱在岁月面前是平等的，开什么样的花结什么样的果。

一直备受非议的韩寒说："从十七岁出道，到今年三十四岁，我的半个人生都活在是非争议和风浪飘摇之中，虽然刺激，但也有些厌倦，不奢望之后的生活可以风平浪静，只愿作品可以乘风破浪。就算没有风，没有浪，我们也要去到那个地方。"

娱情未了

不要爱我,做我的亲人

李碧华说:"爱情是互不放过的。"

《青蛇》里白素贞说:"小青,我白来世上一趟,一事无成。半生误我是痴情,你永远不要重蹈覆辙。切记!"

即使修炼千年如白蛇,也看透男人的本性:"男人没有一个老实的,只要你一转身,他就不老实了。"

当青蛇终于明白人类的眼泪时,滔滔洪水淹没了所有的爱恨情仇。

爱情对青蛇来说只是好玩不稀罕的事,因为不当真,所以才不会受情伤。

每个女人最初在爱里都希望自己洒脱如青蛇,不要当以悲剧收尾的白蛇。可是女人最终还是难逃过从青蛇修炼成白蛇的命运。

当你明白了眼泪的时候,正是你明白了爱的时候。

张曼玉,毕竟没有做成那条魅惑众生的青蛇。

骨子里,她一直是那个"爱情永远是我在乎的事情"的白蛇,认为女人的成功是临死前有爱人在身边。

她遇到过的恋人,一如她饰演过的那些角色,有《阿飞正传》里卖汽水女孩与一个情场老手的一分钟爱情加长版;有《东邪西毒》里两个骄傲的人都等对方先说爱,结果却因自信而永失我爱的男人;还有《英雄》里她认为他心里只有天下没有她,挥剑刺向他,他没有挡她的剑,以死证明他心中有她的男人。那是最痛苦的爱,当她知道他的爱时,正是决绝之时,此生再不能相爱之时。一如在《花样年华》里失约的那张船票一样,他们最终只能留下擦肩而过的美丽背影。

很多时候,她的爱都是一厢情愿,孤单而美丽的。就像《阮玲玉》中,她在舞池中,独自不管不顾地沉醉于自己的舞姿,舞出自己无依无靠的孤独和生命中那种极致的美丽。她在独享不同的爱情带给自己的不同回忆。

后来,她发现一个女人与一个男人最牢固的感情,不是天长地久的爱情,而是日久生情的友情。爱情是随时会变的事情,而友情是很难改变很难结束的事情。

一如,她和梁家辉的友情。很多年前她和他第一次合作拍戏,她还很年轻,他十分体贴照顾她,而他对太太的感恩深厚之情令她敬佩又心生"好感"。很快,她便和他还有他太太成了好朋友。每年她的生日,都会和他们一家一起度过。有时她的身边有男朋友,有时没有。和他们在一起,她觉得是极开心而温暖的事情。接着,就有了她和他的绯闻。

他十分珍惜自己的婚姻和家庭,加之她未婚对她的影响。所以他来找她,不要再做她的朋友。她立刻崩溃,绝望地哭泣,绝不同意。

在她心里唯一想要珍惜不想改变的感情就是与他的友情。失去知己是比失去爱人更让人难过的事情。因为爱是会让人孤独,而友情却是用来挤走孤独的。

他太太生产时,他在英国拍戏,是她紧紧握住他太太的手,紧张而满怀期待地陪她一起等待孩子的来临。

就这样，他们的感情再没有生变。

他是最了解她的男人，知道她是为了爱情，什么名利、什么光环都肯放弃，为爱做的所有事都觉得是对的女人。她根本就是那条痴情的白蛇。

在爱里大彻大悟的白蛇女人张曼玉说："不要爱我，做我的亲人。"

因为爱上一个人,而温柔地对待彼此

和他结婚后,她才知道他曾经做过一个心理测验。

念高中的时候,大姐让他在纸上画一个女人。他想大姐一定是不存好心,要出他的洋相,于是精心地画了一个女人。结果大姐看了以后笑着说:"你将来一定怕太太,不是怕她凶就是怕她出名。"因为他画得女人特别壮而且大。

他不信这种说法,但是从此和女人交往时,还是多了一分小心和慎重,甚至是有些胆小,见了漂亮的女同学就舌头发硬,浑身发抖。他生怕自己将来的太太真如大姐所测之言。于是闷在家里不谈恋爱,成了他规避爱情风险最有效的方法。

不会遭遇一见钟情的男人,必然逃不掉日久生情,爱情的两种模式谁也挣脱不了。

在比利时留学时，他认识了她。第一次听到他好听磁性的声音，她就对他滋生了好感。她发现了他的很多优点：比如他知识面广，兴趣遍及天上地下；对猫很怜爱，而且善良；愿意帮助照顾有困难的女孩子，无论她们肥瘦美丑。

她就动了非嫁他不可的念头。

他也被她从心到口是一条平坦笔直大道的性格吸引。

决定娶她时，他还是观察了很久，他有九成把握她将来不会是对自己凶的太太。况且她是学油画的，不易出名，所以他放心地就奔婚姻去了。

那时，他们还是穷留学生，没有豪华的婚庆仪式，他只送了她一束白色芳香的小苍兰，那香味却一直到现在都弥漫在他们的幸福婚姻中。

婚后，他们回到台湾。

她不喜欢繁华的台北，而是把家安在了毫不起眼的乡村平房。傍晚的时候她喜欢和他手牵着手散步，白天她喜欢在家安静地作画，并在油画上题诗写散文。她没有想到，之后让她名扬天下的不是她的画，而是她的诗。

她的那首《无怨的青春》在很多人的心里留下了不可磨灭的痕迹："在年轻的时候，如果你爱上了一个人，请你，请你一定要温柔地对待他。不管你们相爱的时间有多长或多短，若你们能始终温柔地相待，那么，所有的时刻都将是一种无瑕的美丽。"

这诗，似他们婚姻的写照。因为爱上一个人，而温柔地对待彼此。

因诗而成名的席慕容，成了他的"名妻"。

他调侃自己，应该没有几个人还记得他的名字叫刘海北。

"名妻"不喜欢买菜和烧饭，做得饭跟她的油画一样，五颜六色，可以构成一幅幅美丽的图画，却无法下口。而且买菜很"笨"，缺少变化。为了不让自己和孩子饿肚子，他担当了买菜和做饭的重要角色。他喜欢吃蔬菜，她最爱荤菜，她常常向他提抗议："你给我一点儿肉吃吧！"他虽被她的食肉量惊住，但是下次买菜的时候还是会往菜篮里多放些她爱吃的荤菜。

夫妻是什么，其实也就是一菜一汤中体现的谅解、关心和包容。所谓的爱，全在食物中。

很多年后，当他们度过一个又一个十年的婚姻，她这样形容他们的关系："我们夫妻两个像是'同班同学'，家庭与婚姻是我们共同修习的学分，但是下了课之后，各人有各人的去处和目标，互不干扰。话说得好像很漂亮，如今他突然生了病，才发现，其实，在课堂之外的时间里，虽说是各做各的，心里还是会受影响，还是会关联的。"

爱，在生命的不同阶段有着不同的形式。

把失恋当排毒

人的一生会谈很多次恋爱,每段爱情都会在生命里留下不同的经历。爱情是找最适合自己的人,不是找最优秀的人。但是,大多数人都要当爱情在心里留下一滴泪后才明白这个简单的道理。朱茵亦是。

她心里的第一滴泪,是那个叫学长的男孩子留下的。那时太年轻了,相爱却不懂得谦让,都倔强,不肯认输,终于在争吵中弄丢了自己的初恋。最后一滴泪,只小小的一滴,却在心里泛滥成伤心太平洋。用多少年都不能填平那个伤口。那个著名的男人像《大话西游》里的至尊宝一样,说出了流传百世的诺言,可是诺言像一个美丽的肥皂泡轻易地就碎了。

她爱他,很爱很爱他,所以她暧昧地隐忍自己的身份,任他一遍又一遍地用好朋友的谎言对别人解释他们的关系。这次她吸取第一次失恋的教训,不再任性冲动,但却因为对他百依百顺,逐渐失去自我,让第三者趁虚而入。偏偏她是个在爱里黑白分明的人,最恨背叛,只好忍痛分手。

分手后,她丢掉了他送给她的所有东西,避免在公开场合见到他,从此不提那个男人的名字。如果不可避免要被问到那段旧情,她会冷漠而且厌烦地说:"不要再提那个人,不要将我推到这么尴尬的位置!"

那个男人在她体内留下的爱情病毒,让她"病"了很多年。直到遇到她命中注定的宠物情缘。因收养一个丢失的小狗而和狗的主人开始的一段爱情。他不帅,可是他有才华,人好、心细、懂浪漫、很坦白。曾经她受过爱情见光死的痛,所以对公开感情有些惧怕。可是,他紧紧牵着她的手,用拥抱给她力量,让她相信只有健康的爱才可以地久天长。

在爱的滋润下,做了妈妈的她,腰一度曾有些水桶状的胖。和昔日的性感形象形成鲜明对照。可是,她的脸上终日挂着幸福的笑容。她知道无论她胖或瘦、美或丑,在爱她的男人心中,她都是天使。

不经历过爱情的痛就不知道什么是最合适自己的爱,爱是一道选择题,在每个人的心中会留下不同的答案。重要的是找对答案。她已经找到了,当她真正把前任的名字从她生命里抹去时,她坚强而坦率地说:"就把失恋当排毒吧——对身体有益!"

比婚姻更牢固的是爱情

二十年前,她不会爱上这样的男子,样子不帅、有着中年男人发福的胖,戴眼镜,浑身上下流露出书卷气和才气。

那时,她不喜欢这样的男人。

年轻时,女人都喜欢外表好看且浪漫的男子,更注重外在美,而忽视内在美。

她也是。她那时迷恋俊美、性感而威猛的男子杜德伟。

他是当红歌手,她则在一些电视剧中跑龙套,因为长得不漂亮,始终不被人记住她的脸,直到她转投电影。她搞笑的肥妹形象,再加上邋遢、不修边幅的举止,把一个女人的丑态发挥到了极致。香港不缺花瓶似的美女,就缺自毁形象的丑女。她敢当，而且为了制造笑料她还大吃特吃硬是把自己变成了真正的肥妹。她迅速成了当红的喜剧明星。

她红了，可是爱情却发生了改变。这段一直被他藏着掖着的地下情，因为她的"丑角"形象而受到了大损。他是那种追求完美、好面子的人，他无法忍受"杜德伟的女朋友是吴君如"这样的说法，虽然这是事实存在的爱情，但是它太不般配了。

俊男配美女这是自古以来的爱情规则。他无法接受她为了事业越来越胖、越来越丑的形象，所以不能再给她女朋友的身份，虽然他一直都没有公开过。

她那么爱他，却还是失去了他。他明知她在台上和台下是完全不同的女人，台下的她安静、乖巧，为了爱可以低三下四，不顾一切，事事体贴地为他着想，是掏空了心也爱不够的女人。

可他还是不要她了。从此她再不能躲进他温暖的怀抱了，因为他的怀里已经有了其她女人。

失恋后很长一段时间她都心灰意冷，吃很少的食物，脑海里就一个念头，减肥，立志转型，再不演丑角。

她知道，她一定会等到一个真心欣赏她美丽的人，爱一个人应该是爱她的内在美，而不是外在美。没有失过恋的人永远无法体会到这条爱的真谛。

然后，她遇到了他，香港导演陈可辛，他为她量身定做的电影《金鸡》，让她一举获得金马奖影后，也获得了珍贵的爱情。

他们因为了解，继而理解，而后产生爱。

吴君如洗掉铅华后越发显现出来的成熟女人的魅力深深吸引了他。他太爱私下的她，生活里的吴君如是一个安静理性的人，与银幕上打打闹闹的她形成巨大反差，他觉得和她在一起，他才会放松下来，像个小孩子一样快乐。是的，她带给了他一直想要的幸福和快乐。

两人相恋后，吴君如不仅要求两个人在经济上实行AA制，卧房也是。两人心情好的时候就同屋而眠，生气时"各回各家"，为彼此留有空间。

他投资拍电影风险很大，其中最惨的是获得多个奖项又负债最多的《投名状》。因为投资失利，他负债过亿。

她卖掉自己心爱的跑车，拿出自己全部存款给他还债。他不肯用她的钱，她生气了，说当初她之所以建议生活AA制，是不想依靠男人生活。现在他有难了，还分什么你我。

之后，她复出拍戏，直到帮他还清所有的债。

他们的爱情长跑了二十几年，有了女儿，仍然没有结婚，还在享受着永远拍拖的幸福生活。

她说："如果你哪天不爱我了，随时可以离开。我相信爱情，不需要婚姻套牢你。"

他说："正是这个没有哀愁的大笑姑婆，让我的人生在青春的尾巴上绽放出花朵。这辈子，恐怕我再也逃不出她的魔掌！"

婚姻只是种形式，当你确信爱情的存在，确实不需要用任何形式套牢了。

离开是为了爱

追求爱情的人，最容易被爱情所伤。因为把对方当成唯一的爱，最容易失去自己，而失去自己正是失去爱的时刻。

很多人说起三毛，提到最多的都是她与荷西炙热的爱。

但是倘若三毛没有爱过舒凡，没有经历过那样痛彻心扉伤自尊的爱，她根本就不会知道谁是能给她带来幸福，让她知足，并甘于过爱相伴情相随的平凡夫妻生活的人。

女人只有无怨无悔地单恋过一个男人，才能在恋爱中成长。

哪怕明知那爱是无结果的，是错误的，也要去追求，不想自己的生命交白卷。

三毛就是这样，爱了就不管不顾，用最坚决、最执着、最勇敢的心去追求自己爱着的男孩。

爱上舒凡那年，三毛还不到二十岁，刚刚从生命中最自卑、最自闭、最绝望的低谷中走出来。写作给了她重新热爱生命的热情。

他是高傲帅气的才子，对她有致命的吸引力。

跟在他身后的女孩子实在是太多了，他根本就没有正眼瞧过她们，包括三毛。但三毛是最有恒心、最有毅力的一个女孩子。

有三四个月她总是跟在他身后。他去哪里，她就跟到哪里；哪里有他，哪里就有她的影子，她变成了他甩也甩不掉的尾巴。

把一般人所谓的廉耻和顾虑，完全抛在一边。

天天像古时候伫立在海边的望夫女一样等在公共汽车的站牌下，等待着她所期待的那个身影的出现。她不知道自己要去哪里，但她甘愿被所爱的人领着走，有爱的地方就是终点。哪怕是沿路乞讨，她也愿意在某个他突然需要她的时刻，把自己整个交给他。

而他始终没有回应过她的爱，他对她总是冷淡的。

那种冷淡终于刺伤了她的心。在她准备像蜗牛一样重新缩回自己那小小的孤独的壳里时，他因为她的热烈而接受了她的爱，但又从来不对她付出同等的爱。

她一直是没有安全感的女人，渴望爱情，向往婚姻。

她太浓、太深的感情给他带来沉重的压力，令他从这段爱里出逃了。

有哲人曾经这样说过："如果你的爱作为爱没有引起对方的爱，如果你作为恋爱者通过你的生命表现没有使你成为被爱的人，那么你的爱是无力的，就是不幸。"

三毛终于明白："离开是为了爱，为了爱而无悔地等待；离开是为了爱，为了爱留下的遗憾。"

那次伤心的初恋，让她情逃西班牙，在那里遇到她生命中真正的白马王子荷西。

离开与放弃，其实是为了邂逅那个一直等待自己，想好好疼惜自己，并给自己带来幸福的人。

女人什么时候愿意原谅自己的情敌

女人树敌最多的时候，往往是她在一段爱里最不自信的时候。当你开始为一段爱情提心吊胆时，正是你要失去他的时候。好的爱情，简单明了，是一眼看到底的清澈关系。它根本不需要技巧兵法，也不需要防御。需要一个女人时时刻刻防守，来提高其安全系数的爱情不是好的爱情。

曾经她没有现在这么红，身材也没有那么火辣性感，还只是站在天王级主持人身边打诨插科扮丑的牙套妹。一度她曾和曾宝仪、刘若英交恶，只为一个叫黄子佼的男人。在她还戴着牙套的时候，她的长相不及邻家妹妹曾宝仪可爱温柔，口才和学识也不及亚太影后刘若英。因为不自信，被姐妹淘阿宝抢走了已向她求婚却又背叛她的黄子佼。

失恋把她磨炼成一个越来越成功、越来越漂亮的女人。《康熙来了》更是把她的事业推到了主持人的巅峰位置。

很多年后，刘若英上《康熙来了》节目，还一度很怕站在她身边。当年因为黄子佼颇为欣赏她的才华被小S误会他们关系暧昧。为了划清关系，证明自己的无辜，刘若英曾赌气很久都不和黄子佼来往，直到他们分手。

女人肯和自己的假想情敌和好，多半原因是因为她当年爱过的那个男人已经和她没有任何关系了。而女人之间的情谊又是那种一旦解除危险信号就可以良性循环交往下去的，所以才有了后来她和刘若英在微博互相回应与关心。

另一个女人，她的正牌情敌曾宝仪，多年来两人唯一一次正面交锋的机会就是47届金马奖上那颇为戏剧的一幕，原本老死不相往来的两个女人小S和曾宝仪在曾志伟和蔡康永的撮合下，来了一次谅解性的拥抱。据说小S在拥抱曾宝仪时狠狠地掐了她一下。这就是她的性格，曾经她在公众面前就这么疼过和尴尬过。今天，即使她已有幸福的婚姻，是几个孩子的妈妈了，她在公众场合原谅她，也不会让昔日情敌觉得轻松和好过。但她毕竟还是释怀了，放下了。所以，她才会说："你其实不是我的敌人，是我的恩人。"

女人什么时候愿意原谅自己昔日的情敌，与之握手言和，并愿意真心感谢她呢？答案是她因为一个女人抢走了一个男人反而嫁得更好的时候。

女人在不同阶段会遇见不同的男人，当你不好、不如意、不自信时，不会得到一个好的男人和好的爱情。只有在你很好，甚至更好的时候，才能找得到百分百爱情，和一个在激情平淡之后愿意像家人一样好好爱你、跟你过安稳日子的男人。

婚后,老老实实当一个小气的女人

她是胡瓜的女儿,她叫胡盈祯。

她曾得过演艺圈"最想娶的老婆"票选第一名,原因是"大度"。

那一年,她正要举办盛大婚礼前,他再次因为花边新闻上了报纸。这次的绯闻对象是她的闺蜜。她介绍闺蜜去他的整形诊所,结果他们成了"友谊深厚"的朋友。

他在报纸上用手遮住眼睛的表情有些慌张。

替女儿难过的胡瓜说,他希望女婿的名字可以不要再在报纸上出现。

全台湾人都在看着她做决定,眼看着一场婚礼即将被取消。她却勇敢地站了出来，宣布婚礼如期举行。

他们恋爱多年，彼此之间不用说话就明白对方在想什么。求婚时，他啤酒拉环当戒指，她也开心地应诺了。为了填补自己童年父母不在身边的情感空白，她很快生了一个宝贝女儿，她不想错过宝贝成长的每分每秒。

孩子让她收获了做妈妈的喜悦，也为她带来了肥胖的苦恼。怀孕时她最胖达到170斤。晚上睡觉时，老公翻个身都会吓一跳，她怎么又肥了？

在台湾，结了婚的女孩子大多都被叫作黄脸婆，那是因为对自己的小孩花了太多的时间，放在老公身上的时间太多。

她不想做一个幸福的黄脸婆，黄脸婆可以轻易守住婚姻，却不容易守住男人的心。"男人只要还有一口气在，他就是外貌协会的会员，不管是十七的还是七十的男人，他们的眼光永远放在那些身材苗条、大腿光洁的漂亮女人身上。"所以，她努力控制自己的食欲，强迫自己运动，很快她就成为台湾身材最好的模特之一。

她老公是整形医生，可爱幽默，是异性缘很好的男人。老公一切都好，老婆就比较辛苦。加之他干的是赚女人钱的职业，处在一个诱惑的环境中，绯闻不断。所以，她必须练就"火眼金睛"的本事，做好"婚姻消防员"的工作。

胡盈祯曾在台湾热播剧《犀利人妻》里扮演温瑞萱，温瑞萱的经典名言是："人妻最怕撞三件事，撞车撞鬼撞小三！"她基本上当小三是不存在的细菌。戏里为了严防老公偷吃，她研制了N种人妻发现老公外遇的独门诀窍。她坦承这个角色几乎是她的本色演出。男人太有魅力，可能会成为公害。聪明的太太要想守住自己的婚姻，光靠忍耐是不行的，长期以往是会憋出内伤的。性格坦率的她说，男人很多时候是自己很幸福，但是不满足。不满足了，心就容易蠢蠢欲动，又喜欢存在侥幸心理，觉得不会被发现。"其实，女人天生就是名侦探柯南。"

婚前，她被公认为大度的好女人。婚后，她是圈里人都知的自信的小气女人。"女人没有必要为了他的三心二意去装大方。还不如老老实实当一个小气的女人，一个小气到不给男人花心劈腿机会的女人。"

嫁人和做人，女人成功的两门必修课

两个女人都以性感著称。

一个是万绮雯，大家都等着她不落俗套地嫁入豪门，可她偏偏是恋爱大过天的女人。先后爱过江华、吕颂贤、甄子丹。与甄子丹的爱最为让她痛苦，当时他已有妻儿，她被指为第三者。她觉得自己没错，而三角恋里铁定有一个过错方定律，一定要将一个写成对，一个写成不对，对此，她只能沉默。甄子丹与妻子分开后和她拍拖四年，她曾一度以为终于找到梦想中的爱情，结果还是分手收场。就在她对爱灰心时，遇到了鬼才编剧陈十三，很奇怪，第一眼见他，她就有了认定他的感觉，四个月后，他们闪婚步入殿堂。她甚至遗憾地感慨，为什么没有早十年遇到陈十三，那样她就不会为爱白白受苦。她说："入行头十年最是辛苦，到处碰壁到处碰钉，当你没遇到对的人时，爱情总是很苦，不论你怎么苦苦追求，爱情也总是惨淡收场。"

她太爱给她安全感和幸福感的陈十三，她觉得他就是她的完美丈夫，能够容忍她缺点，还懂得哄她开心。婚后她甘愿做家庭主妇，为丈夫做饭和养猫。甚至为他改变了自己婚前的习惯，不再过夜生活，也不再那么贪玩，一两星期不出街也不会觉得闷，连旅行的嗜好也戒掉了。丈夫很忙常常没时间陪她，在她生日时，曾送她一份机票包食宿，地点由她决定。可她竟然舍不得离开家，舍不得猫，也舍不得老公，她就喜欢看着他在家里写剧本。

万绮雯一直到现在都是幸福的煮妇，他们的婚姻仍像新婚蜜月似的甜蜜，是因为她懂得惜爱，不抱怨平淡，擅于在平淡中制造温馨。爱就是为对方着想，说着简单，做起来却是件极难的事，不是每个人都能坚持下来的。

另一个女人是舒淇，与万绮雯相反的是，她是一脱成名的。叛逆时期的无知过错，她却要沉重地背一辈子。可她是那样洒脱，勇于认错，她知道人是要为错误付出代价的。她必须正视过去，逃避只能深陷并不能真正走出来。当然代价是极具惨痛的，那就是碰到的每个男人，都很爱很爱她，却不能娶她。她的过去阻碍着她通往婚姻的路。直到遇见冯德伦才找到她迟到的真命天子。舒淇越来越让人喜欢的是她一直坚持成功是自己眼里的而不是别人眼里的。曾经事业风生水起时，有人嘲讽她是花瓶，对此，她潇洒地说："我要往花瓶里放些才华。没有跌倒的人不知跌倒的痛，这些都是经历……做个花瓶也没什么不好，至少内容和外表都很重要，我要做个内外兼修的花瓶。"

所以说，嫁人要学万绮雯，做人就要学舒淇。

婚姻是找一个对的人，并随时修补爱里层出不穷的小毛病，忠诚地守护着温暖的烟火生活。做人是知错就改，不放大错误，也不隐瞒错误，不抛弃自己，也不放弃自己，唯有重新拾回自信，才能更坚定地往成功的方向迈步。

三十天,相爱的时间

第一次认识他时,她二十岁。刚刚开始拍戏。

制作人警告她,不要和那个男人太靠近。他是那种拍一部戏就爱上一个女人的风流男人。制作人甚至把他过去的女朋友编成一个绕口令站在旁边念给她听。

她觉得制作人很好笑,要她不去注意一个人,然后又一直讲那个人。这反而引起了她的好奇心,害得她整场都在找他,都在偷看他在干嘛。她想知道这个男人到底哪里奇妙?

他第一眼见她,就觉得她真的好年轻啊,瘦瘦小小的,好可爱,真的就只是一个单纯的小女孩。令他惊奇的是,她居然和他妈妈的生日是同一天。她笑他追女孩的方式好老土。

就这么认识了。偶尔像朋友一样来往，却没有开始相爱。

他的女朋友实在是太多了，她不愿当其中之一。

直到5年后，他没女朋友了。那个时候，他正在人生最谷底的时候，一无所有，负债累累。她却觉得那是她最有安全感的时候。她常常跟他出去玩，那时他身上每天只有一百元，可他们还要约会，有时她会偷偷塞钱给他、帮他还卡债，他也曾因为男人的自尊而大发脾气。

某天，他们谈到爱情其实是有期限的东西。他说，人都是这样，因为你们每天在一起，所以你从来不觉得相处跟爱有多重要。如果，我们讲好，我们就只在一起三十天，三十天之后我们就各走各的，你就会发现原来这三十天的专注力和珍惜感有多么重要。因为大家讲好只在一起三十天，你反而对这样的爱情多了一份认真和期待，你会非常愿意珍惜每一天相处的时间。有一天，她忽然就觉悟说，那我们结婚好了。

婚姻，其实它有它极度艰难的地方。比如说两个人要长期的在一起，很多东西是需要学习，需要调整的，没有那么容易。

虽然，他们感情这么好，还是会吵架，而且吵起来也是吓死人的。

她喜欢存钱，为了满足自己的安全感。她是赚100元可以存60元的人，但他是赚100元可以花110元的人。她常常埋怨他为什么都不能像她这样存钱呢？为什么他就不能成为她想要的那种爱赚钱的男人。

他也气，她现在对他的埋怨和抱怨多过爱。可他依然在做那个拍戏时为了实现自己心中的完美理想，而拿父母的房子贷款，砸光家里所有钱去拍戏的导演。

他希望有一天他可以成为蔡岳勋，而不是把他和他拍过的戏，《流星花园》《战神》，也或《白色巨塔》联结在一起。

他的认真、执着，被当作神经病，尤其是在这个近来被批台湾爱情泡沫偶像剧愈加没营养的时代。

她在成为他的太太，他的制片人于小惠后，常常会因为他拍戏求好，速度非常慢，交片时间逾期，就必须支付"逾期费"问题上和他互相争执，互相伤害。

不能收工的深夜，当她情绪失控时，当她从他的眼神里看到讨厌，当她在他的沉默里觉得他都不爱自己了时，她真的有在婚姻里打退堂鼓的念头。当她决定说不想在一起，很多次说分手的时候，他都问她，你是真的要离开我吗？他说："我心里永远记得一件事，当我闭上眼睛之前，我可以看到你就够了。"他相信再苦只要捱过去就好。他只是因为累而沉默，他并没有不爱她。而且他一直在努力坚持当初要陪她走到最后的那个婚姻目标。

她就掉眼泪了。

感觉她伤到他，而且对事情没有帮助。以前她常常会把目标设定在存款数字上，但现在她想通了，与其把自己的安全感建立在没有意义的数字上，又改变不了他，倒不如培养自己新的安全感。那就是陪着他实现他的梦想。她相信自己爱的这个男人一定会更好，更加得好。

这些年来，她陪伴着他，比任何人都清楚地看到，挫折和困顿去掉了他身上的很多棱角，他那一种爆冲的性格被消灭了。失败有时候对成功有很大的帮助的原因在于，你要学会忍耐和坚强。

她看着他，每一部戏他都在改变自己心里面的那个个性，他在打开他心里面的一个界限，或者说他在释放他心里面的一种痛苦。他好像是在救赎自己，面对自己心里的黑暗面。《白色巨塔》讲的是珍惜。他一直认为，人需要检讨人生中跟自己之间相处的一种重要的观念，也就是说，人生到了最后你觉得什么东西是最重要的。到底是事业、金钱，还是你身边最珍惜你自己所爱的那个人。当他检讨完毕，他就释放掉了。

她永远也忘不了，他因为这部剧获得过台湾金钟奖的最佳导演。她原本是坐在台下笑着看她的"爱哭鬼"丈夫站在台上发表获奖感言的，但是听到他说要感谢两个蔡导的太太，她们牺牲她们的幸福，换来导演的成就，这个奖跟你们有关时。她用手捂住脸上不断奔淌而出的泪。他要感谢的两个女人，一个是他的妈妈，一个是她，他的父亲也是知名的导演。

对于一个女人来说最大的成就感就是在自己的丈夫成功的这一刻，自己被感谢被肯定。

《痞子英雄》这部新戏把他的事业推到了巅峰状态。

几年前，他就跟她说他想用好莱坞手法拍一部新戏，但当时的条件和成本都不允许他拍一部这样的戏。他就乖乖听她的话去拍其它的戏。几年后，当他再次告诉她，他还是想拍这样的戏时，她就说，那好啊，你去拍。她艰难地到处去帮他解决资金问题，当这部原本写给F4，想让他们华丽转型再造辉煌，后来因为言承旭的档期问题而遗憾流产时，他冒险用了从没拍过戏的新人赵又廷演英雄这一角色。他在选演员上有一种本能，那就是他有能量感觉到这个人身体里面住的不一样的个性或灵魂。就好比他发现忧郁王子仔仔身体里的痞子个性一样。

她就是那样，当他选好演员说OK的时候，她就必须默默承受着制片人启用新人的巨大风险压力，从培训啊，到心理的调教和包装，通通按他的要求做足功课后交由他。

这样一部既有港片"无间道"式紧张剧情，又有美剧火爆枪战场面的戏，要在台湾拍摄完成根本是件难上加难的事情。可她是那么了解他的个性，他是那种容易做的事情他不做，或是他做过的事情他也不做的人。

他们再一次从一个谷底又整合了自己一下。她发现支持他，她就不应该帮他做太多事。而是应该让他学会成长，自己做更多的事，她不再像以前一样把他身上的担子拿下来，扛到自己身上。她说："我们来改变一下，不管这个事情有多么痛苦，我们都还是相信，这样是快乐的。"

就是这样的改变和信念支撑着他们走到最后的胜利。

因为《痞子英雄》，大家终于记住了他的名字蔡岳勋，而不再把他和他拍过的那些戏联结在一起。

拍完这部戏，他四十岁了。四十岁那年过了以后，他才发现原来自己已经是成年人了。在四十岁以前，在白塔的时代，他都常常觉得自己是半个年轻人，半个小孩，很爱跟自己过不去，也跟别人过不去。以前他总是觉得拍戏好辛苦，但是又爱拍。四十岁之后，是太太让他明白，原来拍戏是要开开心心的，原来工作是要很快乐的，相爱就是去做对方喜欢的事。

私底下，他叫她宝宝，愿意做任何让她开心的事。他说，他其实是被改造过的，以前年轻的时候是个不喜欢甜腻的人，久了，他发现不管你们结婚多久，太太其实都是喜欢你用一些甜蜜的小动作向她表示爱的。偶尔，牵一下手，抱一下，会让她找到婚前你在乎她的那种感觉。夫妻相处就是，你要试着去感觉她想要的那个样子是什么，慢慢就会有一种我要试图尽量去关心她，把体内那个小孩子的性格拉出来一点点，就会像她想要的那个样子了。

　　他们在四十岁时又找到恋人热恋时的感觉，那种甜蜜到让别人觉得碍眼的幸福，让她想起了他们当初的那个三十天的约定。她说："我决定把这三十天，变成六十年，每过了今天我们就扣一天。这六十年的时间，我们就倒数，每一天，我们都像三十天那个时候那样很珍惜。"

再见了,道明寺

如果你没有贫穷过,你根本就不知道什么叫珍惜。

依稀记得那年夏天,整个空气中都弥漫着浪漫的流星雨。听的音乐,买的杂志,贴在墙上的海报,都跟电脑键盘上那个华丽的"F4"有关。凤梨头道明寺和杂草杉菜的爱情,感动得人一塌糊涂。女人集体高调地走进一个欣赏"男色"的时代。

高怡平当年在和胡瓜主持的那个特红的节目中公开表明自己最喜欢道明寺,一度还和喜欢花泽类的女嘉宾争执得面红耳赤。那真是一个很奇怪的夏天,女人自觉地分成两派:一派挺道明寺,一派挺花泽类。

我是喜欢道明寺的那一派。很多年过去了，F4解散了，"花泽类"和"杉菜"谈了场伤筋动骨恋爱而后分手了；"道明寺"的爱情始终是那一段。他们从来都没有真正承认过。可是所有的人都知道，他很爱很爱她。她坠马那一次，被爆料出傲人的身材是假的，"隆"过的胸摔出了问题。她该是非常伤心吧，一个人在离家很远的城市忍受流言和哭泣。他连夜从台北飞去看她。回台湾后，立刻焦急地帮她联系最好的医生，他和侯文咏的好朋友关系就是那时建立起来的。侯文咏笑言言承旭是硬赖上这段友情。他们因拍《白色巨塔》认识，也不是很熟的关系，可是言承旭却因为惦记她的伤势，来拜托恳求他帮这个忙。结果她的家人比他先一步找好了医生。她很失望，觉得他都不关心自己。

恋人之间有一个误解不去解开，接下来就会像扣错的纽扣一样，没那么美丽了。

他们到底还是分开了。想起最初相爱的时候，他们都在做模特，家境贫寒的他和她约会时，因为没有经济能力，常常各得各付各的账。她比他有钱，而且有车，可他坚持约会时骑摩托车去接她。她从没嫌弃过他。她单纯地爱着他，鼓励着他。当她真心赞他好帅或很棒，他就好像偷到糖的小孩一样开心。

后来他成了让无数女人尖叫的道明寺，却还是那个敏感、羞涩、没有安全感的大男孩儿。过去让他自卑，他再也不想回到以前那种贫穷的生活。他要让妈妈过上好日子，不希望她老，不希望她再像从前那样没日没夜地做衣服维持生计。他本来就比别人差很多，所以必须更加努力地去学习才能让人家看出他的进步。

她爱过他，就该知道他是宁愿自己受伤，也要当个爱情笨蛋的人。三十岁之后，她忽然跃上人生成功的巅峰，成了很多人心里的性感智慧女神。而曾经属于他的光辉的道明寺时代已经过去了，他在事业上差了她一大截。因为自卑，因为不自信，不够成熟，不懂甜言蜜语，他失去了她。

虽然，他曾因想挽回这段爱情，让好友侯文咏帮自己写了一封信给她，但是那却成了一封寄不出的信。他没有走向邮筒的勇气，他知道自己不够好，怕寄出去又是不幸福的开始。真爱一个人，就不要绑她在身边，跟着他受苦。

现在的他说服了自己，应该要开心，他希望能做得更好，让对方看见。

好友侯文咏说："世上最好看的偶像剧都是这种剧情。言承旭的现实人生也正在演一个不输于他现在演的偶像剧剧情。"

侯文咏跟老婆结婚多年了，还一直在每天很表面地说我爱你。其实这样表面一辈子就是爱情啊。

在《流星花园》里道明寺对杉菜说："不管你跑到天涯海角，我都会追回你。"

现在的他已和道明寺说再见，却在不当道明寺的日子明白：爱情需要守护、自信、关心和随时让对方知道"我爱你"的心意。

一盘已经下完的棋

她是出生在台湾的上海人,自小学习京剧,是那时京剧界的小童星。1974年,恰同学少年的她到上海去探望在香港邵氏兄弟有限公司做艺人的姐姐恬妮。恬妮曾是1967年的台湾"毛衣公主",后到香港发展,获导演李翰祥赏识,接连参演了一系列风月片。姐姐虽然是以"艳星"出名,但为人极为保守,所有裸露部分都由替身完成。姐姐在影视圈的洁身自爱给她留下了深刻印记。让她明白,女人只有自己尊重自己才能赢得别人的尊重。

一直把姐姐当作偶像的她,除了仰慕姐姐的美貌和做人外,更是对姐姐那段神话般的婚姻羡慕不已。

姐夫岳华是当时帅气逼人的大明星,与知名作家亦舒的一段情事成为憾事后，与姐姐恬妮日久生情，并缔结一世姻缘。

姐姐的好朋友，琼瑶当红小生秦祥林曾以为坏脾气的恬妮嫁不出去，没想到她会修到这么好的福气嫁给性格温和、又对她疼爱有加的帅哥岳华。

姐姐恬妮婚后渐渐减少性感演出，并淡出娱乐圈。育有一女后，觉得在香港生活得太紧张，心想人不能像弓一样拉得太紧，因为弓弦不知道几时会断，于是他们全家移民加拿大。

姐姐移民后，恬妞被姐姐带进演艺圈，虽然已成为70年代后期香港一颗耀眼的新星，1977年还因电影《蒂蒂日记》赢得金马奖最佳女主角。可是，在这些光环背后，隐藏的却是姐姐离开香港后，她一个人独自打拼的寂寞。

她也希望能遇到一个像姐夫岳华那么好的丈夫。毕竟女人这一生经营的最成功的事业就是婚姻。

那年她已经二十六岁，常年在外拍戏的她疲惫不堪，忽然很想躲进一个安静的婚姻里。

她已到恨嫁的疯狂年龄，只要有人勇敢地开口向她求婚，她就会立刻嫁给他。可惜大多男人碍于她的影后身份而胆小地退却了。

直到遇到叶聪豪，他是印尼华侨，酷酷的、不爱说话，女人往往很容易被这种有神秘感猜不透的成熟男人所吸引。

为了见她，他一周两次从印尼飞来台湾看她。她被他的爱感动，答应了他的求婚。

他们结婚的消息一传开，就吓坏了当初介绍他们认识的朋友，朋友说他在印尼已经结婚有孩子了啊。

当两人对峙时，叶聪豪马上下跪发誓，如果他结婚了就跳楼！谁会容忍所爱的男人发这么狠的毒誓呢，所以她天真地相信了。

洞房花烛夜，她才明明白白地知道自己真的被欺骗了，他真的有太太和小孩。

曾经的金马影后如今成了人家的一个妾。

可是他还残忍地说，她太爱笑了，其实他喜欢看她哭。

她这辈子最后悔的一件事是结婚当晚没和他离婚，而且还和他生了一个女儿。

即使婚后，她以泪洗面，安心又委屈地做人妾，也改变不了他频频外遇的毛病。终于，她带着5岁的女儿逃离印尼，结束了那段不堪的日子。

小小的女儿说："妈妈，你当初结婚时干吗不问我，我可以不需要爸爸。"她庆幸当生活抛弃她时，却给了她一个宝贝女儿。

再回到香港时，她成了一个坚强的，脸上始终有阳光般灿烂笑容的单亲妈妈。

已经不再相信爱情的她，因戏与万梓良结缘，他立刻对她展开热烈的追求，他如浴火凤凰，融化了她内心的坚冰，使她勇敢地步入婚姻。

他们的婚礼可谓震撼娱乐圈，那日周星驰是伴郎，邵逸夫是证婚人。

她一直以为这次可以爱到底了。可是这段婚姻仅仅维持了四年，终因万梓良劈腿而结束。他抛弃了她和如日中天的影视地位，娶了一位内地妻子，转行做了服装生意。

恬妞感叹自己的桃花在当年已被用光了。

离婚十四年后，恬妞和万梓良将共同出演一部由邵氏投资的电影《翡翠明珠》。万梓良为该片宣传时，首度向恬妞说了"对不起"。恬妞大度地说接受他的道歉。

对于万梓良沉寂多年后再度复出，恬妞也非常支持："他是太棒的演员，早就该复出，不过我看现在他有点胖哦，该减肥了。"

关于前段时间风传的两人即将"复婚"的传言，恬妞说："我们的感情已经过去了。"

"棋盘中，有规有序，每只棋子都各掌其位，不能逾雷池半步！一子错，满盘皆落索，结果覆水难收。"

她和他是一盘已经下完的棋。

世界不管怎样荒凉，爱过你就不怕孤单

她说有些歌不敢碰，有些人也不能碰。因为一碰就会想哭，会痛。

她说的那个人和那些歌，都来自一个叫张雨生的男人。

二十三岁的时候，她认识他。那时她在一家PUB唱歌。他来听歌。看着安静坐在台下的他那头标志性的黄色头发和黑框眼镜。她既激动又觉得自己幸运。她把自己最喜欢的歌唱给他听。他接连一个星期都来听。他喜欢她多变有爆发力极富感染力的声音，便和她签了约。

那之前他一直在台前，做着他的"音乐魔术师"。

他何其幸运。一亮嗓，他高亢有生命激情的声音就走入听歌者心里那个隐藏很深的叫作孤独的地方,轻轻而有力地叩击着大家年少轻狂的心。当年红遍两岸的那首《永远不回头》第一次在电视上播出时,四个帅气的男人王杰、邰正宵、姚可杰、张雨生合唱的那首撕裂忧伤和寂寞的歌叫人印象深刻。独特的嗓音让人轻而易举地记住了这个叫张雨生的人。

他就像一个多变的音乐精灵,他的歌时时带给人感动与惊喜。有时深沉,有时忧伤,有时又激情万丈。他的《我的未来不是梦》《天天想你》《大海》《一天到晚游泳的鱼》《我期待》《带我去月球》留下了一代人的记忆。

没有张雨生,我们的青春好像并不完整。

他唱歌最初是为了妹妹。妹妹一直有个未完成的音乐梦想,小小年纪溺水身亡后,那痛成了他心里挥之不去的伤痕。他替妹妹站上了属于自己闪光的舞台。

直到遇到她。她认真用情唱歌的态度感动了他。他觉得她就像是他日夜思念的妹妹换了个身份重新回到他身边。

她坚定了他转做幕后成就她辉煌的决心。

第一次进录音室,她紧张又兴奋,什么也不懂。唱歌时怕喘气声被录进去,连呼吸都不敢,唱得脸通红,青筋暴起。他知道后被逗得大声笑了好久。

再进录音室,她发现他就穿着一件睡衣、一条大短裤,趿拉着拖鞋。她很奇怪地看着他,他耸了一下肩,说这样才够放松嘛。唱歌本来就是一件轻松的事,他自己是这样做的,也希望她能感受到轻松唱歌才是最好的状态。

他们合唱的第一首歌《最爱的人伤我最深》,收录在同年7月张雨生的专辑里。之后,他为她打造的《姐妹》横空出世。

专辑一出版,即横扫各大音乐排行榜,街头巷尾都在放她的歌。

她成为新一代乐坛天后——张惠妹。

如果不是他遭遇车祸,憾然离世。他和她将会成为永远不回头的音乐传奇。

可是,他还是走了。这条一天到晚游泳的鱼去了属于他的月球。唯独留下了看见月亮就会想起他流泪的她。

没有了他,她的音乐一下子没有了灵魂。

她从华纳的销量冠军变成唱片公司的累赘，她的唱片卖不出去，成为乐坛第一个被劝退的人。她被封杀，曾经陪伴在她身边最重要的人——离开她。她得了重度抑郁。

整整六年，她都走不出自我那个萎靡不振的世界。

直到遇到陈子鸿。陈子鸿是张雨生的大学同学，曾一起组建过乐队。张雨生第一次来应试主唱时，个子小却骑着DT摩托车，还留着香菇头。他见张雨生第一眼便嘲笑他这个样子也能唱歌。可当他唱了一首英文歌"DESERT MOON"，飙出漂亮高音后，陈子鸿立刻对他刮目相看，并让他做了乐队主唱。

张雨生走后怀念他的人，都怕听到与他有关的一切。只是默默地把他藏在心里最珍贵的地方思念着他。

冥冥之中，陈子鸿就像是张雨生派来拯救张惠妹的使者。

他为她全新制作的《我要快乐》专辑，让她重新回归到乐坛备受瞩目的位置。

李宗盛也赞她："张惠妹是华语歌坛的最后一个巨星！"

这些年来，张惠妹越活越随意，越活越放松，越活越不在意别人的眼光。

作为天后，她越来越胖，出席综艺节目，你丝毫看不出她因为身材走样而掩饰，也不刻意减肥。她就是那么自信。喜欢张惠妹的人不会因为她的胖瘦美丑而嫌弃她。她就是她，那个活得率性自然，如今头顶一头紫色长发好好唱歌的张惠妹。

只是这样一个率性的人，过了这么多年，她还是有不能碰触的人和歌。

比如，有期《梦想的声音》。她听到李圣杰选择了颇具故事性的《听你听我》作为讨教歌曲。这首在张雨生车祸后的72小时内诞生的歌曲包含了张惠妹和其他主创对张雨生康复的期许。在听到歌曲名后张惠妹甚至直接表示："这首歌我不敢碰，我可以不听吗？"

当熟悉的旋律响起，当痛彻心扉的歌词针一样一下一下刺在她的心上，她不停用手拭去眼角忍也忍不住流下的泪。

轮到张惠妹演唱《我期待》时，她更是怕自己情绪失控唱不好这首歌。她真情流露演唱出来的歌曲戳中了泪点。

对张雨生和张惠妹都十分熟悉的音乐助理团老师陈子鸿则颇为伤感地感慨："我觉得今天这两首歌真的是在折磨张惠妹，我听完只能讲阿妹你真的很棒。"

人的生命里一定有那么一个想都不敢想，忘也不能忘的重要的人，让你何时想起他都不能自已。

这么多年，只要是她的演唱会唱到张雨生的歌，她都哭得无法开口。有次演唱会，她和张雨生隔空演唱她一直以来碰都不敢碰的歌曲《最爱的人伤我最深》时，她更是数度哽咽，泪流满面。

他曾陪她度过生命中最璀璨辉煌的日子，没有他的岁月，她穿过没有翅膀飞不出的黑暗，重新振翅高飞，又变成最初认识张雨生的那个"只要给我一件亮闪闪的衣服、一双十公分的高跟鞋，我可以把任何地方当成舞台"的天后张惠妹。

今年是她出道二十年。她说："这些歌曲中有我的故事，也有你们的故事，我很开心能够参与你们的故事，这也是我喜欢当歌手最重要的原因。"

那件疯狂的小事叫作爱情

他是中戏95级。她是中戏96级明星班。

他演戏时还是小孩儿，十七岁，好玩厌学，玩滑板是其最大的爱好。父母离异后，他一直和大姑生活。有一天在外的父亲看到姜文的《阳光灿烂的日子》的招聘广告，觉得自己的儿子简直就是姜文的翻版，就把儿子的照片寄去了。姜文看到他的照片笑了，觉得他就是自己小时候的模样。于是，他变成了少年轻狂的马小军。马小军让他变成了最年轻的影帝。之后在姜文的建议下，他考入中央戏剧学院。

她十一岁进入中国戏曲学院附中学京剧，过早独立的生活令她对集体生活有种恐惧感。刚考进中戏时她很自卑。为了释放自己的压抑,她经常从东棉花胡同跑出去,在安定桥上大喊几声,再跑回去,不停地吃东西减压,那是她最胖的时候。

新生阅兵时,他第一次见她,觉得她有一种与众不同的灵气与低调温柔的美。巧遇时,她好奇地久久地看了他一眼后,低头走开了。一见钟情的故事并没有发生。

大四时,某一天,他忽然想起了那个特别的女孩儿,话剧舞台上的精灵。他约她出去,两人从餐馆回来就开始自自然然地手拉着手了。

她说:"恋爱让人长大的速度非常快。"爱使人变得宽容,不那么自我了。

他说:"感情,你想不让它变就可以不变。如果你老想着一个东西会变,或者以后还会碰上更好的,自然而然就变了。"

SARS那年,她受伤。他从家开来一辆车,她打开车门一看,满车的枕头,坐在那儿非常舒服,待在哪儿都不会晃动。那份感动,她一辈子都忘不了。

她的父亲曾对她说:"将来在一起生活的人可能有两种,第一种是反差特别大,能够互补;第二种是非常像,很多事情都会相通。"

他说他们属于特别像,都是性格内向的人,对事物有很多相似的看法。

但再好的感情也有瓶颈期,七年之痒时,他们在一起未必100%都是好,也许好的只有30%,但是大学时代建立的感情走到今天,它确实非常的坚固、珍贵。这么多年,他们见证了对方的成长和所经历的一切,失意的时候、得意的时候,都是对方陪在身边经历的。这个回忆的分享,换了另外一个人就没有了。

所以,当他们在熟悉的拥抱中还感觉寂寞时,他有了一次分心。她伤心地退出。分手刺痛了两个人的心。这些年像家人像血液一样浓烈的感情,一旦流出身体,生命瞬间就失去了快乐的意义。

两个相爱的人,少了任何一方,都无法独自存活。

就像他们曾主演过的《上海伦巴》里说过的经典对白。他说:他怕耽误她。她说:没有他的日子,才是她生命的耽误。

他请求她的原谅,并向她求婚。她温柔地心痛,能够拥有婚姻,任何形式都会让她惊喜。

当了父亲以后,他跟以前完全不一样了。他经常在家看女儿一上午,看她睡觉时的各种表情。他觉得当父亲这个事情是自然而然的,这是一种与生俱来的力量。他不想错过她成长的每一个日子。

他在微博里写:"碗是爸爸,花是爸爸,树叶是爸爸,球球是爸爸,车车是爸爸,饭饭是爸爸,妈妈是爸爸,爸爸是爸爸,对大闺女来说一切皆是爸爸,爸爸就是一切。"

夏雨相信,他和袁泉未完成的爱情,女儿会陪他们一起走完。

忠诚与相爱并存的

张小娴说："人只要管好自己已经很了不起，干吗要去管男人呢？听话的男人不用管；不听话的男人，要管也管不到；对你好的男人不用管，对你不好的男人，不会让你管；爱你的男人不用管，不爱你的，轮不到你管。"

周韵的聪明就在于不管丈夫，给他充分的自由。她很少去姜文的工作室，他干什么她也不知道，她从不掺和他的工作。她更关心姜文今天吃什么，衣服别穿少了，别抽太多烟。

姜文是那种充满霸气，充满才气，需要微仰的男人。她让他可以在他俯视她最舒服的角度，看她把家里照顾得妥妥贴贴，把孩子教育得无须他操心。

她说自己没什么野心，也没什么信心可以像陈红那样为了帮衬老公的电影事业，做个辛苦能干的制片人。在工作上她不太给自己压力，能做就做，做不好就溜。二十几岁，在女人最美、事业上冲刺的最佳阶段，她给姜文生了两个孩子，还和继女相处得其乐融融。她生活随意，穿着短衣短裤外加夹趾凉拖，就可以跑去超市购物。晚上儿子要她讲故事要她陪伴才能甜蜜地睡着。婚姻总得有一个人为梦想冲刺，有一个人把家庭当作最大的事业相守。

她结婚了，嫁给了一个有时会和她吵架，但更多的时候把她捧在手心里去爱的浪漫情怀的男人，他保护着她身上当初吸引他的那份单纯，令她在婚后仍像一个纯洁的少女。以至于她可以在《十月围城》里饰演谢霆锋的初恋女友阿纯，还看不出任何的矫揉造作。

有人说《让子弹飞》很像姜文，荷尔蒙超标high得过瘾。电影的票房神话让做气有才的姜文一跃成为众多女人心目中的魅力男人。更有女记者在采访姜文时流露出崇拜爱慕之情。在半是羡慕半是嫉妒之中，问及姜太太周韵如何拴住男人的心时？周韵笑了。她们眼里的姜文和她在家里看到的丈夫姜文是不一样的。霸气的姜文私下是个顾家、爱家、极富责任感的男人。在家里他们不谈电影，不谈工作。他爱孩子，爱那些相处的珍贵回忆，可以为了准备一个浪漫的烛光晚餐花费很久的准备时间。

因为主演过《金婚风雨情》，周韵感悟生活中其实没有完美丈夫，幸福婚姻是要相信对方，不能无理取闹，还有千万不要想着去拴住谁。

婚姻不是谁拴住谁，栓得住的就不是爱情。也不是谁管住谁，管得住的只是在婚姻里的一个身份而已。忠诚是与相爱并存的。一个女人最大的自信，是在给了丈夫最大的自由让他做了最想做的事后，他愿意第一个和你分享成功的喜悦，他越成功越怕失去你这个生活上的贤妻良母、心灵上的灵魂伴侣。

女人改造男人成功的例子少之又少

辛柏青看过这样一个什么段子:有好多单身女孩总会说:你看人家老公怎么那么好啊,我怎么找不到呢,就问,到处问,问她的女朋友你哪找这么好的老公,女人都说这是我自己调理出来的。男人是需要调理的,如果你要找现成的那肯定是别人的老公,你要找单身的你就得下工夫调理。

他也是被妻子朱媛媛调理出来的。

他们是中戏同学。婚后多年,他笑称他上大学就是为了去见她的,去谈恋爱的。

他们是彼此的初恋。他那时在班里是那种女生人缘基础比较好的,她粗哈哈地都没觉察出他对她有好感。大一那年，他在跳高比赛中得了一等奖，赢得了洗衣粉和两块香皂。他兴奋地跑到她宿舍，问谁要？结果，他走到她面前说，给你吧。他的这个格外举动，才让她醒悟，他对她是有好感的。

甜蜜的爱情刚开始，他们就被老师警告在校期间不许谈恋爱。他们哭着分手了，他心痛地说会等到她毕业那一年，但痛哭了一个星期后两人就撑不住了，重新走到了一起。他们很早就步入了婚姻。

她一毕业就拍了《贫嘴张大民的幸福生活》，成为有名的"国民媳妇"。

她"火"了，他好像也不是太在乎，全部心思都放在了"玩"上，天天泡网吧，一宿一宿到天亮。

他其实是担心过的，怕两个人的感情可能会玩散。

她想过改造他，但纵观古今中外，女人改造男人成功的例子少之又少。

她痛苦了很长一段时间，每次想要结束时，冥冥当中老是能看到他的优点。她觉得恋人在闹别扭的关键的时候一旦想到对方的缺点，那肯定完了，但是你要能想到对方的优点，这事还能有转机。辛柏青身上优点很多。你要完全改造他绝对不可能。爱情其实是互相改造，两个人相互地经营和相互地妥协婚姻才会长久。

辛柏青说婚后，他们家定了一个家规，不许玩游戏。最开始还挺宽松的，每天不能超过晚上10点，每天不能超过四小时，然后越来越严，最后彻底不能玩。朱媛媛曾经有一度还在书房门口给他贴上一纸条："辛柏青与狗不得入内。"

男人成熟得比较晚，他直到做了父亲，才明白男人的责任与担负的重担。

她怀孕的时候妊娠反应特别大，恰巧他们夫妻俩是《潜伏》的姜伟导演写剧本时就想好的第一人选，但因为朱媛媛怀孕错过了。朱媛媛曾劝说辛柏青别放弃那么好的本子，让他去拍。他还真心动过，但他看着妻子一天吐得稀里哗啦的，那么辛苦，就想他要不在她身边，她得念叨他一辈子，他这后半生都过不好。她周围比她早要孩子的闺蜜有的老公没在身边，互相一说起来，咬牙切齿地能记一辈子。他很庆幸自己没去。妻子怀孕时所有人对她的照顾都不如丈夫牵着她的手,即使丈夫什么都不做,就是陪着她,她也觉得幸福又自豪。

朱媛媛在《鲁豫有约》的节目中说,她面对过比他有钱的男人,他也面对过比她年轻的女孩儿,但他们都没有被这种诱惑左右。每次吵架不说话时,路过北京的大街小巷,坐在车上,看着窗外,每个地方都有故事,每个地方都想让人流泪。所以你怎么都撇不掉这个叫丈夫的人,他已经在你的生命里了。想想婚姻就是这样一件可怕又感动的事情。

追着幸福跑

她已经是天津曲艺界的腕时,他还在北漂。他说一场相声五元钱,夜里舍不得坐车,走大半夜才能到家,愣把脚磨出泡。

而且他还离过婚,有一个孩子。前妻因忍受不了贫贱夫妻百事哀的婚姻生活,挥泪斩断爱情,去了日本。

虽然与她只见了几次面,还不太熟悉,但他立刻就爱上了满是光环的她。他觉得她好看,又善良,对她的爱慕成了他灰色生活里最温暖的闪亮点。

可他有什么资本追求她啊,一个在温饱线上挣扎的狂热的相声艺术爱好者。

但他还是大胆地要了她的电话号码,天天给她打电话。夜里最寂寞的时候,两颗孤独的心在慢慢地靠近。

有一次,他终于鼓足勇气向她表白了爱意,还诚实地坦白了自己离过婚有一子的事实。她懵了。刚感受到的爱的柔情蜜意立刻被现实泼了盆冷水。

一个男人穷,她可以忍受,她不能忍受的是他爱过另一个女人。加之父母的激烈反对,他们分手了。

她想忘记他,却发现他的好一点一滴地已渗透到她生活的角角落落。她敞开心门让他走了进来,就注定了他再也走不出她的生命。

她爱他,所以决定追随他。

她一次次地跑到北京看他。看着他住的小小的房子里只有一张床和几个冷馒头,她哭了,偷偷给他的银行卡里打钱,他却因为自尊又一次次把钱给她退回去。

每次分别,看到他眼里的不舍和孤寂,她就特别心软。她觉得他需要她陪在身边,支持他、鼓励他,用爱给他自信。

于是,她背着家里人辞了在天津的正式工作,跑到北京和他一起过贫穷的北漂生活。她去当铺变卖了所有值钱的东西,只为支持他的相声梦想。

终于,他的付出有了收获。

他成名了,有钱了。一夜间,几乎所有人都知道了非著名相声演员郭德纲的名字。却很少有人知道他所爱的女人,王惠的名字。

而四年的爱情也等到了花开的那天。

婚后,她像个保姆一样照顾他的生活。作为妻子应该做的,她全做到了,还有些作为丈夫应该做的,比如买个粮食,换个煤气,换个灯泡,掏个水沟,这些她也都做了。她舍不得让他干活,他这么笨,身子还这么胖,要是弄摔了还麻烦。他爱吃天津的比目鱼,有时她还特地开车回天津买鱼回来做给他吃。她爱他,所以才会心甘情愿地做这么多琐碎的事,只为能让他在小事上感受上细节的温暖和爱。

他也是。因为爱,总是重复不厌倦地做同一件事。

她心脏不好，他临睡前总是要倒杯水嘱她把药吃了，早上醒来第一件事也是让她吃药。

他说："夫妻两人，一个脾气好，一个脾气不好就能过。两个脾气都不好的人就没法过。两个脾气太面、太软也不行，日子会越过越没劲。"

在婚姻里，只有恩慈、承担和包容才能恒久地维持一段幸福的关系。

而幸福最大的快乐是在追着跑的过程中。追寻才能获得爱。

爱他,就不要陪他吃苦

女人爱上一个男人通常都是从心疼一个男人的钱开始,而男人爱上一个女人通常都是从愿意为一个女人花钱开始。

这是男女最本质的区别。可惜许多女人并不清楚这点,不知道钱是男人的面子和自信。在一个男人经济最潦倒的时候,女人愿意陪他挣扎在生活底线,一次次忍受着贫穷与挫败感的来袭,再一次次陪他从跌疼的地方爬起,直到看到所爱的男人最后骄傲地站起,成为财富起跑线上的胜利者。女人以为终于苦尽甘来,熬过了苦日子,余下的就都是幸福的日子了。

可男人不愿意了。成功男人都爱娇妻,爱柔弱温柔的女人依附自己的财富生活。在男人眼里财富就是爱。爱就是让一个女人享受生活。

所以才会有那么多可以同苦不能共甘的情侣劳燕分飞。

孟广美丈夫的前妻曾经面对镜头心酸地说，在成家以前他们搬了十次家，住了十个地方，哪儿都睡过，连冰冷的地上都睡过。他们共同创造了财富，他却不爱她了，飞速与她离婚。而用600多万元的七克拉钻戒向貌美温柔的孟广美求婚……

她是直到失去才彻悟："一个男人什么都有了时候选择了你，他一定不会再放弃你；一个男人什么都没有的时候选择了你，等他什么都有了的时候一定会抛弃你。"陪男人共患难的女人输在自己太有自信，太年轻义气，在男人什么都没有的时候以为爱情可以战胜物质，战胜生活。

女人越早明白这个道理越少走弯路。

郭晓冬的太太程丽莎就是在她喜欢的男人身上摔了很多跤后才找到守护爱情的秘诀。

她认识郭晓冬时是他经济状况最不好的时候。整整一年他都在拍艺术电影，没什么经济来源，房子是租的，连车都是租的，一辆二手的白色捷达，副驾驶的门还是坏的。每次程丽莎坐进郭晓冬的车里都要用安全带把自己绑好，但就是这辆车给他们带来很多回忆的乐趣。

他喜欢她，和她在一起也挺心动的。但他又很矛盾，觉得她和他心里想要娶回家的女人标准不一样。他是凤凰男，她是芭比公主一样的女孩儿。他们之间的差距太大。于是他不断地逃避和抗拒，数次和她分手，让她一次次地承受失恋的打击，最长的一次分手是两年。

因为爱他，她一直在原地等他。她一直争取和他合拍，可就是合不上去，最后努力之后她跟自己说必须放弃了。从此，她不看他的短信，不接他的电话。

失恋的那段时间，她一直在听刘若英的歌。那一年刘若英在北京开演唱会，她叫女友陪她去。结果在停车场看见他的新车停在旁边。以为早已放下的她忽然落荒而逃。女友告诉她，爱的反义词不是恨，也不是躲避，而是不爱。

她豁然开朗了，明白了爱的反义词真的是不爱，要真正放下唯有不再躲避。

也是那一年，刘若英和他一起拍了《新结婚时代》，剧里凤凰男何建国的故事和他的经历颇为相似，这部剧对他的启发很大。他突然明白其实婚姻真的不能要求对方去做什么，为你做什么，应该怎么样，而是应该把心打开。婚姻不是一个讲理的地方，而是一个谈情的地方。

他去找她，向她求婚。婚礼在他的农村老家举办。他送给她一个热闹的婚礼。

他感谢这个他生命中最重要也最爱的女人程丽莎，感谢她这些年看着他长大、成长，一直在原地等他，给他一个温暖的家。他知道没有程丽莎就没有今天这个幸福的郭晓冬。

婚后，郭晓冬把自己所有的钱都交由程丽莎打理，对于男人来说，钱是一个丈夫带给一个妻子最大的安全感，也是一个男人爱一个女人最郑重的承诺。

程丽莎与郭晓冬的爱情佳话告诉恋爱中的女人一个道理：爱他就不要陪他吃苦，不要见证他生命中最不堪的一面。爱他就默默地等他，让他在为你构建美好未来的路上去拼去闯，等他什么都有了时候选择你，他一定不会再放弃你。

有种爱叫，爱情之下，友情之上

她和他相识在十二岁。

他们演了一部家喻户晓的情景喜剧《家有儿女》，她演他姐姐，他演她弟弟。

戏散了。他们做了三年初中同学，高中分开三年，大学又成了同班同学。

上表演课时，她跟他说别在我自拍时入镜，在她按下快门时，他的脸和她同框了。

他和她一起主持学校的校园歌手大奖赛，当他们年级的同学得第一名时，两人同时挥着胜利而喜悦的拳头，画面再次同框。

毕业拍照时，即使他们没有站在一起，她望向他的眼神，他也能接收到。

从少年到青年，他们一起拍过广告，一起拍过戏，还演过一次情侣。

演情侣时，她说："如果和他有吻戏，我就不演了。"

他马上说："我准备向导演提议加一段，但要看你减肥减到什么程度……"

大家还是觉得他俩像姐弟。

童星出身的他们，一个越来越帅，一个越来越美。和她一起拍《家有儿女》的宋丹丹妈妈还曾好意提醒她，别混演艺圈也许她会有更好的前途。

所有人都不看好她，可她硬是坚持了下来。凭借《欢乐颂》里又傻又天真，让人讨厌又让人可怜，靠着卖咖啡找回自信和爱的热情的邱莹莹，稳稳在娱乐圈扎下根。而他凭着在广东贩毒，耍贫耍心机，机智又硬朗的余小二，"大火"起来。

他们从不被演艺圈看好，到成为90后新生代小生和花旦。

无论是最好的时候，还是最坏的时候，他们一直陪伴在对方身边。

在"你认为演技最好、最具天赋的演员"投票中，她投了他。

她新剧播出时，他主动转发宣传支持她。

看《余罪》时，有人问受了伤的张一山是不是不像他了？她说："这货化成灰我也认得。"

他的手机从来没有存过她的电话号码，只要看到屏幕，他就知道是她的来电。

她二十四岁生日，他因为在拍戏，所以没有办法到现场，但是他说他们之间的友谊，她懂得。

搞怪的他穿着浴袍向她说的那段生日祝福，可以说是大大地撒了把"爱的狗粮"。

他说："从我们彼此都是十二岁的时候，到现在已经（认识）十二年，一个轮回。相信以后的每个十二年，都有我陪伴在你的身边。我知道你心里的苦，我也知道你心里的乐，我太了解你了。他们让我跟你说点儿什么，其实没什么可说的,就算有什么可说的,也别让别人听见。只要你知道,我一直是祝愿你能够开开心心的,就够了。向你承诺:就算全世界都背叛你,我也会站在你的身后,背叛全世界。"

这么甜的生日祝福,她立刻回复了,就算字里行间浮现出一张嫌弃脸:"烦死了你,过生日搞这么煽情,全世界干吗背叛我?大家都爱我着呢!录个视频还要穿浴袍,我终身大事你就别担心了,八百人排队追我呢。总之,小山子,么么哒!谢谢有你一直陪伴我。"

这么多年过去了,她仍爱像小时候那样和他斗嘴。

最近网友都呼唤让他俩在一起。

他说,这话题说了很多年了,大家都这么希望,可真的认识太多年了,下不去手。他们各自喜欢的类型也不是彼此的样子。

他说:"不喜欢杨紫类型的女孩,喜欢女汉子。杨紫是我的馒头,不是我的菜,她是主食。"

她说:"张一山根本没有竞争力,自己喜欢成熟稳重的类型,比如彭于晏。"虽然她没有找彭于晏,但是情人节时却甜蜜公布自己和秦俊杰的恋情。

虽然他们没有在一起,但她对他的重要性一看便知。

二十四岁的他们,从一个十二年走向另一个十二年,以后的很多个十二年,他们还会一起走过。虽然他们不是各自喜欢的类型,但却是最了解对方的那种,爱情之下,友情之上的密友。

生命中,一定会有这样的一个人,比爱人更了解你心疼你,永远将你放在心间,可你们却只能走到友情之上、爱情之下,那个最动人的位置。

生命是缀满玫瑰的华服

有时,生命是缀满玫瑰的华服;有时,生命是玫瑰的刺。

对于奥黛丽·赫本来说,爱情是她的刺。

这个有着美丽的微笑,像天使般的女人,一生最平凡美好的愿望就是拥有幸福的婚姻,做个好妻子和好母亲,可是婚姻对她来说就像是香槟的泡沫……

她在最好的时光,最美的时候,没有遇到对的人。

先后有两个男人伤透了她的心,毁灭了她心里对婚姻最单纯、美好的愿望。

以为再也不会遇到爱情的她,却在自己最失意、最痛苦时,遇上了被她称为"灵魂伴侣"的男人罗伯特·沃德斯。

他们不是一见钟情。

她刚刚失去第二次婚姻，一个人带着两段婚姻留下的两个孩子，坚毅地生活着。

她那时已经失去了年轻时华丽的光泽，眼角有深深的鱼尾纹，手上甚至也有了无法遮掩的斑点。她已不再是演《罗马假日》的那个光彩耀眼的赫本了。岁月夺走了她最珍贵的东西——青春、容貌，还有爱情。

可是，他却珍惜她、心疼她，理解她。他是一个和她一样有伤口的男人，也正在承受失去爱人的痛，所以两颗心很容易就靠近、温暖了。

爱就是不放弃希望和等待。

她说，如果是在年轻时遇到他，她是不会爱上并欣赏他这样的男人的。正确的爱、正确的人，是要在经历了错误之后，才能找到的。

有些男人会畏惧女人，害怕她们的美丽与权利，进而藐视对方；有些男人却会真心地爱女人，珍惜她们的美丽与勇气。罗伯特是后者。他不像赫本的前两个丈夫，一个是畏惧她的名利，一个是利用她的名利。他同她在一起的愿望很简单，就是陪伴她，给她平和、快乐和幸福。

相爱后，为了迁就她的生活习惯和喜好，他一直陪着她住在瑞士的"和平之邸"，两人一起采购食物、准备晚餐、种花、养狗。再次拥有爱情的赫本朴素得如一般的家庭妇人，穿着T恤、牛仔裤，不化妆，也不戴珠宝项链，因为她大部分时间都待在花园或是厨房做家事。唯一例外的是戴在手上的两只戒指，一个是她喜欢的儿子西恩在领到第一笔片酬时买给她的蓝宝石戒指，她把它当作尾戒；另一个最珍贵的是罗伯特有一年送给她当做圣诞礼物的钻戒。"我们没有结婚，所以你可以说这是订婚戒指。"罗伯特平静地说。这两只戒指都戴在她左手小指上。

他们一直没有结婚。他爱她，所以尊重她。他知道她想要珍惜爱情的美，却怕再受婚姻的痛了，所以，他不勉强她。

他们相爱的十三年时光，是赫本一生最幸福的时光。最后一年，赫本因为癌症,被病魔折磨得疼痛难忍时,他一直紧紧地握着她的手,悲痛欲绝。她临终的前几天,深情地对他说:"罗伯特,为我笑一下吧。"他真的笑了。可是心里的疼痛却越发加剧了他的不舍。即使最后,她也不希望爱她的人为她太难过。

她像个天使一样离开了,长眠于住家附近的一处宁静的乡村墓园,奥黛丽下葬时戴着罗伯特与西恩送的两只戒指。

她从来没有后悔过自己的人生,只是遗憾,为什么没有早些遇见那个正确的人,为什么没有在自己最美、最好的时光和他相守。

但是爱情从来都是没有道理和逻辑可言的,没有经历过错误,就不会知道什么是最适合自己爱并珍惜的。在一起相守的时间长短并不是最重要的,重要的是找到那个正确的人,哪怕只爱一天,此生也没有遗憾了。因为人的一生就是在寻找幸福的过程中。

"幸福,最可贵的部分是,努力的过程,而不是最后的结果。"

微爱时代

我爱你,你必须相信

如果有一个男人跟我说:"我爱你,你必须相信,从今以后我只爱你。"

我一定是会被这句话吓住,决不会是幸福得要晕掉的那种感觉。男人爱女人的时间从来都不是用一生计算的,而是用瞬间计算的。这个瞬间他爱你是真心的,也许到下个瞬间那种感觉就会从爱变成喜欢;再到另一个瞬间,也许那喜欢已演变成淡如水的交情。

女人千万不能相信男人从此以后只爱你的话。

这一刻,他说这样的话,其实只是想用爱拴住你的心,叫你从此只爱他一人。

这不是爱，而是占有欲。"山盟海誓的时候，你说一生一世永不变，但科学家早就证实了，恋爱的感觉最多三年半，荷尔蒙的关系。你再好再怎么着，试试三年半，所有的化学反应都没有了。"

这一类型的男人，最典型的代表就是《双食记》里那个叫家桥的男人，一个男人吃两家饭。他忘了"中华美食的养生和相生相克，就像爱情让人沉醉也能杀人"。他娶妻子时，深情地发誓："我爱你，你必须相信，从今以后我只爱你。"结果，不久他就有了一个叫COCO的空姐情人。他游离在不同的女人之间，觉得恋爱的感觉真好。为了保持住这份恋爱的感觉，但又能让女人记住他，他开始送房子给女人。有的女人是很现实的，到时候谁也不欠谁的了。

每当男女关系进入僵局时，有些男人总喜欢用钱来摆平、解决这件事情。不爱你了，他拍拍屁股就走了，反正两不相欠。

坏男人在爱里最怕遇到那种只图情不图钱的女人，世上最难偿还的就是情债。他欠你了，你的名字就会一直扎根在他的心里，再也涂抹不掉。

亦舒说："最佳的报复不是仇恨，而是打心底发出的冷淡，干吗花力气去恨一个不相干的人。"

好婚姻需要一块糖

不知道从什么时候开始养成了一个习惯,每当自己心情不好的时候,就喜欢放一块糖在自己的嘴里,我迷恋那种甜蜜在嘴里慢慢溶化的小小快乐感。是的,那一刻,我感到平淡的生活里好像多了一道暖流。

婚姻也需要这样一块糖。

当日子越来越无味、越来越淡;当女人从婚前的灰姑娘变成公主,婚后从女皇变成怨妇,许多人不禁感慨:是婚姻毁灭了爱情,还是爱情从来只能维持瞬间的浪漫,而不能经营一生。

女人用婚姻拴住了他的心,得到了自己想要的安全感,却管不住他的身体独自去偷欢。外遇事件屡见不鲜。

一个外遇的丈夫说，他并不想离婚，他仍然爱着妻子，因为如果没有爱，当初就不会结婚，可他无法拒绝外遇的诱惑，一对夫妻生活得久了，难免会产生性厌倦心理，而情人提供给了男人性热情。他迷恋的是那种生理上的刺激感，有感情，但与爱无关。

男人喜欢保持这种平衡，能维持最好；如果不能维持，只要妻子不闹，肯原谅，他还是会回到妻子的身边。

我还记得，发现丈夫出轨的妻子说的一番话："老公，我爱你。有多久我没说过这样肉麻的话了，但是我仍然对你有着这样深切的感情。我不贪图房子、名车和皮草，这些都不是我想通过你的成功得到的，我想要的无非是你回应的四个字'我也爱你'，这就够了。"

男人果断地与情人分了手，重新回到了妻子身边。

这个故事很让我感动，毕竟聪明理智如此女子的人并不多，大多女人遭遇背叛时最直接的反应就是反击，把曾经还有的那点爱伤得体无完肤，直到彻底失去。其实，归根结底都是自尊心在作祟。

谁也不能保证婚姻能永远顺风顺水地走下去，它随时都会经历风浪，就看舵手的应变能力了，过了一个又一个的小风浪才能到达最后幸福的彼岸啊。

就像那个妻子，如果不经历错误就找不出婚姻的漏洞。妻子因为这段婚姻的危险关系，而找出了自己的不足——那就是女人要像恋爱时一样爱着丈夫，时刻保持恋爱时那样新鲜而美好的心情，就像给婚姻吃一块糖。

有了爱这块糖，婚姻才能更甜蜜！

爱情的两个世界

一段青梅竹马的爱情。

他们一直生活在一个世界。长大、相爱,订婚。

男人为了女人的梦想,牺牲了自己的追求。他始终陪在她身边。她伤心时他安慰她,她快乐时一同分享,她进步时为她庆祝。男人就像女人的一个影子,难分难舍,不离不弃。女人在自己的世界中越活越精彩,越来越成功。

男人则在另一个世界开始自己的人生。

他们仍然相爱,互相关心。男人成为一个出色的人士。他们身边都有出色的异性围绕着。

因为忙碌，聚少离多。于是，有了猜疑和争吵，互不信任，这让曾经的爱情伤痕累累。

他们分手又复合，谁也放不下这十几年的感情。

这一次，女人为了男人，放弃了自己的梦想。男人很感动。他们努力维护着这段已凸显脆弱的爱。

他们交谈，却没有了共同的话题。女人说起自己的兴趣，男人在打瞌睡。男人说自己的追求时，女人很认真地听。可是她悲哀地发现，她无法再分享他的快乐和悲伤，因为他已经建立了一个对她来说完全陌生的世界，她根本走不进去。

男人很忙，女人很闲。男人想多花些时间陪女人，但是力不从心。

女人很寂寞，于是又回到自己原来的世界。她很快找到了自己失去的快乐。

男人不理解，认为女人太自私。女人很委屈，她爱男人，但她不想失去自己。男人哭了，为他不想结束的感情划上了句号，将戴在手上多年的情侣戒指卸下。戒指掉在地上发出清脆的响声。

女人很心痛，她说她一直都没有停止过爱他。她一直努力地想要进入他的新世界，可是她试了很多次都失败了。他们的世界已经改变了，而爱还停留在青梅竹马的时代，停在回忆里。他们的爱仍在过去，所以没有未来。女人也绝望地扔掉了戒指。

分手多年，他们再遇到，已有了各自幸福的家庭，他们都找到了有共同兴趣的伴侣。男人无限感慨地说，原来死守着一份活在过去的感情是不会有结果的，当相爱的两个人原来共有的那个世界变成两个世界，唯有放手，才能给爱新的机会。

一段情,两颗心,三个字

婚后多年,他爱上另一个女人。

她看破,却不说破。当婚姻无味时,激情是生活唯一的调味品。她羡慕他对爱还有如此激烈之情,而她早已经没有了。

即使当初热恋时,他们也没有如此热烈之情。她是低调安静的女子,给男人岁月静好的感觉。而且,她不同于别的女子的地方是,婚前的约会,她的亲热底线只限于牵手和亲吻。她保守地坚持着自己的爱情原则。她觉得随便的女人会失去幸福的判断力。

爱在城南城北的马拉松奔跑中冲刺到终点。

他说我们结婚吧。

她说好。

这样的故事很像她喜欢的作家黄碧云的小说。男主人公向女主人公求婚，没有说"你嫁给我好不好"，不让她考虑，只等她同意。黄碧云说："结婚这回事都是因为没想清楚才会做，大家轻易许下了一生的承诺，并且为了无法完成承诺而歉疚终生。"

现在他对她就是歉疚的。因为他爱上了别人。

而她是平静的，虽然偶尔想想会有疼的感觉，但是能忍耐，谁说没有激情和热情的婚姻就不是爱。了解生爱。就像她清楚地知道，他早上要喝一杯蜂蜜水，晚上临睡前要喝一杯牛奶；喜欢素食，百事可乐；衣服喜欢穿宽松的T恤、仔裤和球鞋；喜欢旅行；喜欢看央视10套……《魔戒》看十遍，仍然津津有味。

幸福何尝不是如此，日日重复自己心爱的人喜欢的这些生活琐事，不浪漫，但是知足。

她从来就没有想过离开他。虽然和他结婚时她只说了一个好字，她也没有用热烈的行为表示出她对他强烈的爱。然而想要和一个男人结婚好好地过日子，其实就是女人爱一个男人最直接的答案。

她越不闹，他就越痛苦。因为这阻碍了他下狠心和决心。到最后他在拖延中又有些犹豫了。住在情人家的时候，他会惦记一个人在家的她烧水时是否会因为水加得太满，溢出扑灭了火；不做饭的时候是不是只吃方便面；心情不好的时候，是不是又吃太多冰淇淋，吃得自己心内一片冰凉；胃疼的深夜，是否因为没有人递一杯温热的开水和一片吗丁啉，而把眼泪落在枕头上……

他还是惦记她、关心她。每次回家时都会买回大包小包的东西，她爱吃的水果、点心、零食；她爱看的一本书或一束花；甚至于卫生巾都会细心买好帮她分类，日用、夜用，还有小小的迷你巾。他把这些物品一一帮她放好归类时，她从背后抱住了他，把冰凉的脸贴在他温暖的背上。他鼻子一酸，心想如果她开口挽留他，他就留下来不走。

可是，她什么话都没有说，帮着打包好他要带走的各种物品——熨烫得平整的衣裤、内衣，还有剃须刀、临睡前要看的工具书、喜欢喝的茶叶。他发现他在一点点地拿走属于她婚姻里的东西，拿走一样少一样。忽然他觉得心里一片荒凉。

爱就是这样，你从这个女人这里拿走一样东西，又会留在另一个女人那里。

他非常确定自己的上半生是和自己婚姻里的这个女人度过，下半生一定要和自己婚姻外的那个女人度过的。他的犹豫只是人不甘心失去而已。

某天，他在浏览一个网页时，意外看到这样一个故事。也说一个外遇的男人和佛的故事。男人要离开自己的妻子娶另外一个女人。他跟佛说：妻子很爱他，他觉得自己对妻子有点残忍和不道德。佛说：在婚姻中没有爱才是残忍和不道德的，你现在爱上了别人已不爱她了，你这样做是正确的。而且他的妻子是幸福的。他不解，他要与她离婚后另娶她人，她应该是很痛苦的，又怎么会是幸福的呢？佛说：在婚姻里她还拥有她对你的爱，而你在婚姻中已失去对她的爱，因为你爱上了别人，正所谓拥有的就是幸福的，失去的才是痛苦的，所以痛苦的人是你。

他觉得这个故事好像是专门写给他的。

原来在爱里背叛爱的那个人才正是失去爱的痛苦之人。而最爱的终究还是自己现在的爱人。所谓的婚外情终归会成为镜花水月。

他才明白她是幸福的女人，因为她始终平静地拥有着对他的爱，不曾放弃，不曾失去。

如果爱，就结婚

对于女人来说，最好的等待是什么？

一是男人一眼认定了她，愿意给她婚姻。

读安妮宝贝的《月棠记》，有这样一段话："在没认识清祐之前，重光从来没有停止过恋爱。在内心，她等待一个强大的伴侣，有时候她与内心等待中完全不同的男子恋爱。热烈地喜欢彼此，交换身体、情感、历史和脆弱。但最终，她总是会对这些关系厌倦。她已经彻底厌倦恋爱，但是想结婚。重光和清祐认识十五天，第一次正式约会，重光就说她想马上就结婚，她没力气再谈恋爱。他本来是做好心理准备，想与她建立稳定的关系，当然最终也是要结婚。但她主动提出来这样的要求，还是出乎他的意料的。"

一般来说，男人想给女人的稳定关系和女人真正想要的稳定关系是不一样的。男人承诺给女人的稳定关系是建立在忠心单一地爱一个女人上，而女人要的稳定关系是既然认定了就用婚姻的形式厮守一生。

不是每个男人都能如小说中的清祐那般果断与勇敢，一眼认定她，便愿意给她婚姻。

如果爱，就结婚。

你敢这般勇敢吗？

答案是敢的人得到了爱；不敢的人，在瞬间的犹豫和稍后做出的决定中错失了原本美好的爱情。

很多人的爱情都是这样，当你很想很想结婚的时候，不一定会遇到一个同样很想很想的人；当你不想不想结婚的时候，却遇到一个很想很想的人。

明明爱着，却因为步调不同，而错失了一段姻缘。

美好的婚姻，是在相爱的两个人同步做出的决定中实现的。

如果爱，就结婚。

这是男人所能给所爱的女人最好的结果。因为对女人来说，稳定安全的男女关系从来都是建立在婚姻上的。

爱和家是一种因果。

如何把男人折磨成好情人

她和他爱了多少年,就维持了多少年的地下情。

他是商界奇才,出类拔萃。他们之间的感情说成地下情虽然委屈了她,但是有利于他的事业。她就默默做了他背后的女人。

逢年过节,恋人最浪漫的时刻,她常常是一个人孤独地度过。即使约会也是千篇一律地重复以往的节目,吃饭、看电影,十点以前送她回家。而且他牵着她的手,随时会因为遇见熟人而松开。她不知道他在十点之后的杯酒人生中纵容着自己对其他女人的欲望。

有次在街上她偶然遇见自己的父亲,父亲见到他们因为羞涩即刻松开的手,流露出惊喜的目光问她:"这是你男朋友?"

他马上惊慌地解释他们是同事关系。

她的心立刻像踩在刀尖上,动弹不得,往前往后,都是疼痛。

一直以来,在这场爱里懂得迁就、体谅的就只有她一个人。无论什么场合,他都以一个优越的单身贵族身份出场,独享异性的青睐和暧昧的追求,桃色不断。她却要大度地消化掉那些嫉妒、不安和伤心。卑微、小心地伺候着所爱男人的日常琐事。他对她总是不认真,不把她放在心上。

朋友说,她这样拍拖太不健康。做女人要像高傲的猫,不要做忠心的狗。做女人应该要有底线,不要把底线一降再降,不要总是迁就一个人。男人之所以不肯公开承认她的正牌女友身份,其实是在给自己留退路,因为进可攻退可守的局面最好把握。一旦他遇上真正想公开关系的女友,最先甩掉的一定是他的地下女友。

她意识到不能再这样卑微下去,她必须改变!从此,她高傲地抬起了原本在他面前低着的头。那时她才发现女人自信时最美丽,卑微时最丑陋。

他开始留意她,并在意她。以前在微信上总是她跟他说很多很多的话,现在他跟她说很多话,她也只短短回几个看不出任何感情的字。他发现他忽然失去了把握这场爱情大局的权利。

当有异性拿着玫瑰向她求爱,问她有男朋友没有?她也学他之前那样,笑着否认。那一刻看到他嫉妒的眼神,她心里有种胜利的得意感。当她和男友在这场爱里的"猫狗"身份互换后,她才知做一只高傲的猫多有优越感。

男人,还是应该多被女人抛弃和折磨,才会成为好情人。

卡斯特罗说:"女人永远不应让男人知道她爱他。因为,他知道后会变得很自大。"

张小娴说:"每一个成功的男人,都不会满足于只拥有一个女人。与其做男人的牺牲品,不如走到男人前面。每一个幸福女人背后都有一个成功男人。"

守一颗心,别像守一只猫

很喜欢这样一段文字:"守一颗心,别像守一只猫。它冷了,来依偎你;它饿了,来叫你;它痒了,来摩你;它厌了,便偷偷地走掉。守一颗心,多希望像一只狗,不是你守它,而是它守你。"

女人都希望遇到像狗一样忠诚的爱情。可是她们多半养着、并爱着的却是像猫一样的男人。他们爱着女人的时候是真爱,偶而也会因为女人的好而感动,也会讨好女人,让她记得他的好,可是一旦他掏空了女人的心,觉得从女人这里再也得不到他想要的爱后,就会寻觅新欢去了。

男人就是这样一只猫,他感激落魄时爱他、陪他一起吃苦的女人。可是,当他有了更好的环境时，就不想再记起从前的那个女人了。因为看见她，就会时时记起自己从前那段不如意的时光。所以，他干脆抹去那个女人留在自己生活里的影子。他希望那个女人不要再和他扯上任何的关系，虽然在心里也许他还会留着一个角落藏着她的好。

男人永远比女人容易忘记。这是猫的习性。而女人却总是错误地以为男人和她一样痴情。所以当她的痴情遇到男人的无情时，受伤的一定是女人。

爱里，猫一样的男人太多了。

记得一次看娱乐新闻，某著名男星的初恋忽然被各大媒体曝光，那段馒头咸菜的爱情岁月，在女人的眼里是最好的感情佳肴，她的青春陪着他一起吃苦，他曾说过爱她到永远。她等着他，等到他得奖，等到他出名。可是，他却不爱她了。他迅速和另一个女子结婚了。留下她一直站在被伤害的地方，哭泣。

后来，女人把他们的爱情写成了歌，出了专辑。

电视台采访那个男星，问他听了她唱的歌吗？男人有些愤怒和激动，他说她是拿他的名气炒作她的新专辑，语气里全是责怪，没有一丝爱的情分。

电视台把这段录像放给女人看，女人一直在哭，伤心欲绝，说不出话来。她没有想到男人会这样，完全否定他们过去的爱。那一刻，她终于知道，这样爱一个人到底有多疼。当两个人的世界，只剩下一个人的背影，她还留恋什么。从此以后，她终于可以对这个男人做到心如止水了，像忘记曾经深爱的一只猫，无论他们曾经多么相爱，无论他们曾经有过多少美好的回忆，现在他已不属于她，他在爱上另一个女人时，就已忘了她，只有她还一直停在他曾爱她的那晚。

这个漫长的夜晚终于过去了，从此，她希望："守一颗心，就像守一只狗。不是你守它，而是它守你。"

女人只有经历了猫一样的爱情才能知道什么是最适合自己的。失去何尝不是一种得到？

房子，只是婚姻的条件而已

其实看似很近的关系，却是很远的。

我的一个女友和她男友同居多年。每次见面我都会关心地问她："何时结婚？"

她总是淡淡地说："再说啦！再说啦！"

可是，我分明从她的眼睛里看到了失落。

很多人都觉得他们的爱情离婚姻只有一步的距离，只有她自己心里非常清楚，那是一段很远的距离，是要很多的责任和勇气才能实现的事情。

有时我真的很难理解一个为爱痴情到有点固执的女子。

我问她:"难道你要和他同居一辈子吗?"

她说:"当然不是。只要有房子,我们就结婚。其实,他一直很努力很辛苦。"

我真的有点生气。女人为何一旦爱上了,就会失去自己的智慧和分辨能力。

没有得到的东西永远会比得到的东西多,欲望是无止尽的。有了房子,还想要车;有了车,还想要钱;有了钱,他想要什么都可以,谁还会在乎当初的承诺呢?

我是不信的。

我告诉她,一个男人很努力、很辛苦并不是为了你,而是为了他自己,为了尽快改变这种困境般的生活。

他不好时,他孤单时,希望你做他的精神支柱。

他一旦好,最想换掉的一定是旧爱情、旧女人。

旧爱如同一件穿了很久的旧衣服,即使再干净、再舒适,也会厌倦,也会烦。

能有新衣,谁还留恋旧衣?旧衣不过是压箱底的回忆而已。

什么是婚姻?房子是婚姻吗?

不是,那不过是婚姻的条件而已。

一张床上睡着两个人就是婚姻。无论它是事实婚姻,还是法律婚姻。

她很难过,我的话她都懂。可是,她无力去改变什么。

两个人的爱情中总会有一个人先变,不是她变,就是他变,越是看似近的东西其实越遥远。

如果你是一个好男人,你不会让一个爱你的女人和你同居一辈子。

如果你是一个好女人,你不会在乎一个男人最贫穷、最落魄时的爱。

真爱是同甘共苦,无论何时都不会改变。

爱情离婚姻只有一步的距离,不是它遥远,而是你有没有迈过去的勇气。

同居和婚姻最明显的区别就是责任。

爱她就给她婚姻。这是男人的责任。

女人最怕的一句话

女人和男人确立恋爱关系后,说的最多的一句话,不是"我爱你",而是"我们分手吧"。

一段牢固的爱情关系是由无数次的"分手"和"和好"组成的。让女人和男人吵架说分手的理由很多,都是些又小又丢人、没事伤自尊心的小事。每次重新开始后,都约定彼此不要再说伤害对方的话,还有,最重要的是不要那么容易就说分手,也不要像从前那样吵架。

可是,约定是约定,要女人管好自己的嘴巴不要轻易说出"分手"那两个字,就好比有病不让她吃药一样。"分手"是女人医治爱情的良药,她永远都知道爱情最美最弥足珍贵的那刻，就是和所爱的人告别的那一刻。

女人爱说"分手"，无非是想用这种分离的刺痛感来验明自己在男人心目中的重要性，从而令男人改正那些自己不满意的地方。

而且，女人说"分手"其实也是讲究环境的。在男人最不好的时候，她不会说分手，因为那是她最爱这个男人的时候。她要让他知道，当别人都看低他时，只有她是最看好且看高他的人。她深知，对男人来说，最好的贵人不是提携他成功的那个人，而是愿意把自己和他绑在贫穷的那端，一起熬过最黑暗的岁月等他成功的人。

在男人最好的时候，她也不会说分手。她知道她一说就再也无法回头，因为男人不会再望着她的背影喊她回来，为她改变自己，她早已把男人打造成不可挑剔、闪光点十足的魅力男人。成功男人的方向永远剑指前方，他绝对不会为了你这棵单薄的草，放弃肥沃的草原。女人最爱说分手的时候，是那个男人已渡过难关开始往好走时，她提分手是告诉对方：你还可以做得比现在更好，顺便提醒他不是每个女人都可以做成功男人的贤内助女王。

聪明男人，一早就洞悉女人这个守卫爱情的任性小战术，明白女人喜欢被男人一次次重新追回来的甜蜜感觉，所以故伎重演，心甘情愿地用浪漫，以及对女人说一不二的忠心讨好赢回女人。

但分手这样的话只能是女人对男人说的赌气话，男人一定不能对女人说的一句话就是"我们分手吧"。那是最伤女人自尊、最令她万箭穿心的一句话，也是她最怕听到的一句话，它代表着你否定了她为你所付出的一切辛苦及爱。

有一对互相深爱的夫妻，每次闹矛盾妻子都习惯性地对丈夫说："我们离婚吧。"最后一次她这样说的时候，丈夫立刻愤怒地回应她的话："好啊，那就离吧。"说着他摔门而去，再也没回来。女人哭得肝肠寸断，觉得他终于不爱她了。让男人下定决心离开的原因，不过是男人的自尊。原本他并不想离开，身边确实有不错的仰慕者，他一直在躲。但老婆次次吵闹都提出离婚，终让他做出了离开的选择。虽然，后来误会解除，两个人又重新在一起，但他们都明白了一个道理：如果彼此还爱着，决不能轻易说的一句话就是"我们分手吧"。因为不是每个人都有挽回爱情的运气。

金钱能买来爱情?

钱不会轻易让一个女人爱上一个男人,但却会让一个女人理智地选择一个男人。

张小娴的小说《再见野鼬鼠》里,高海明的妈妈是他爸爸的第三任太太。她二十三岁嫁给他爸爸。她比他爸爸年轻三十岁,当然是为了钱嫁给他。

他妈妈以为他爸爸当时都六十多岁了,顶多只有七十岁的寿命,他死后,她就可以拿到遗产,然后找一个自己喜欢的人过生活。谁知他爸爸一直活到八十五岁,还是很健康,他妈妈自己都五十三岁了,不可能再那么容易找到自己喜欢的人。

就在他爸爸八十五岁那年,有一天,突然中风,在医院昏迷了两天。他妈妈本来是一直渴望他死的,在那一刻,她竟然不想他死,她祈求上天不要夺去他的性命。原来在二十五年朝夕相对的日子里,她已经爱上了他。

他妈妈经常说:"如果你一直不爱一个人,就不要突然爱上他,因为当你爱上他,你就会失去他,这是上天对人的惩罚。"

另一个故事中,女人本来有个情投意合的初恋男友,却被好友的亿万富翁哥哥爱上。贫穷女人的爱情轻易不折腰,让她向追求自己的男人低下头来要钱的理由,必是割舍爱才能救其爱。初恋男友患病需要大把钱来做手术。他的条件是做他一年的情人或妻子。她选择了做他的妻子。

一年后,她回到所爱的人身边。初恋男友病愈了,但却受不了她的背叛,成了向她的前夫疯狂敛财的人。最后她才发现,真正爱她、关心她、保护她不受伤害的人,竟是那个她以为永远也不会爱上的男人。

因利益与男人结合的女人很多,通常情况下女人会认为无爱的婚姻最短暂,因为有条件可谈,可以随时开始随时结束,无感情羁绊。

女人认为男人用钱买不来爱情。其实是她不知道,男人如果不是爱着这个女人,他是一分钱也不会为其花的。以感情为基础的金钱付出,不会没有回报。人在同一屋檐下总会产生爱。不管它以什么样的方式开始,纵使他身上都是缺点,你最终也会因为他的一个优点而爱上这个曾经你以为永远不会爱上的人。

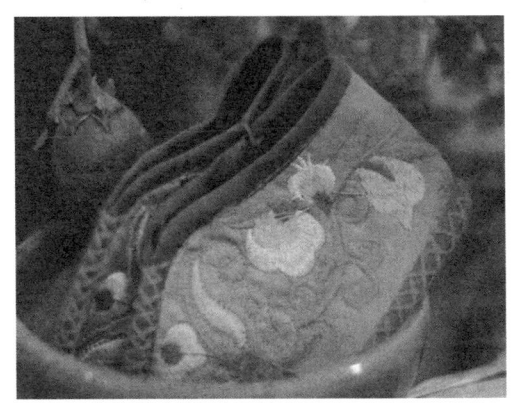

爱情,原来常常有看走眼的时候

女人在一起聊天,最遗憾、最委屈、最难过的话题,当属自己当初拒绝的那个很爱很爱自己的男人成为一个很成功、很优秀的人,而自己千挑万选的男人却成了最平常的烟火男人。

爱情,原来常常有看走眼的时候。

《贤内助女王》里的那个千芝爱,昔日是骄傲的爱情女王。因为误会与初恋男友分手后,她高傲地不肯给男友解释的机会,以至于深爱她的男友选择了另一个女人——在最痛苦的时候陪在自己身边的她的好友。骄傲的女王有很多选择爱情的机会,完全不在乎眼前失去的这个承诺爱自己一生的青涩男人会不会是自己将来后悔失去的那个人。

有人说漂亮的女人IQ都不高,这点可以从她选择老公的标准看出来。千芝爱最后嫁的男人是以高考状元考入名牌大学前途一片光明的医生。令人想不到的是即将要成为医生的他,因为晕血症被迫放弃了这个大好职业。从此,她跟着他吃尽了苦头,受尽了委屈,因为丈夫憨直、不善交际的性格,常常失业。为了做好他的贤内助女王,她努力为他铺路,好不容易帮丈夫争取到进大公司的机会,却发现他的上司居然是自己当年拒绝的旧情人。旧情人的事业风生水起,而他太太,自己昔日的好友百般刁难凌辱她。为了保住丈夫的职位,她甚至流着泪给对方下跪。那真是比拿刀子割她的心还让她疼痛绝望的一天。那天夜里,她叫丈夫拿铁锹在树下挖了一个可以躺下两个人的大坑,躺在那里,望着星空她流着泪说:"想好好活着而不是因为死不了而活着。"然后,她扶丈夫坐起来说,刚才已经死了,现在已经重生了。

女人比男人坚强的地方在于面对巨大挫折时,她有打不垮的意志,以及鼓励男人在逆境中爬起来重新屹立起来的决心和信心。

女人绝对尊重自己嫁鸡随鸡、嫁狗随狗的命运,虽然生活不尽如意感到委屈时,她会抱怨、会遗憾,自己当年放弃的男人让婚姻里的女人变成了女王,而自己选择的丈夫让昔日是爱情女王的她,变成了身份卑微的人。

但她也只是想想而已,毕竟她心里仍是有傲气的,今非昔比的旧情人之所以能取得今日骄人的成绩,全是得益于自己当年拒绝他后,在痛苦中滋生的斗志换来的。所以说,男人今时的成就不是取决于他娶了谁,而是看是谁拒绝了他。

吻过也就算了

女人总是容易爱上花心的坏男人。

他的爱情永远不合常理。在不该牵手的时候牵手,在不该接吻的时候接吻,在不该发生关系的时候发生关系。一切都发生得太快,在女人正因为亲热的举止爱上这个男人时,男人的热情已经像他的生理欲望一样,从女人身上退去了。

虽然从来都没有在一起过,可是女人在男人离开时仍然会伤心,独自哀悼着一个人分手后的心情。

其实,一个总让你为他做这事做那事、从来不心疼你是否能承受的人,一定不是真的爱你。他不过是把你当作爱的仆人,用起来又方便,又是无偿服务,真是非常划算的一件事。

女人常常爱上这样不该爱的男人。无非是这样的男人能给女人渴望的浪漫，但这种浪漫又能维持多久？

浪漫最经不起考验。那些精心设计的肌肤之亲都是一个个陷阱。你掉进去，男人才不来救你。

记得曾经看过蔡卓妍演的一部片子，喜欢她的男子知道她不喜欢他。她过生日又不知送什么礼物好，于是去绑架她喜欢的男人，把他装在麻袋里当生日礼物送给她。

那刻，她终于知道，不是自己的即使绑来也不是自己的。她与男人的爱情只是一瞬间的事。

你跟花心男人还计较什么，你该庆幸幸好没跟他走入婚姻，吻过也就算了。

爱最重要的是战胜自己的恐惧

他们恋爱了六年。

他是那种在女人眼里无可挑剔的男人。温柔、体贴、忠诚,为了给她一个美好的未来,他一直在事业上奋力打拼。

从一个小律师变成一个大律师,房子也从10平米换成花园洋房。

他认为女人想要的幸福无非是美好的物质生活和忠诚不变的爱。这些他都做到了。可是,她却不爱他了。

尽管他那么优秀、那么完美,那么无可挑剔,她还是不爱他了。

为什么?

再美的玉也有瑕疵，人也一样。他一直努力在各个方面都做得那么出色，事业、爱情也或在生活上。但他的完美让她恐惧。

是的，恐惧。她太了解他了，正如她深刻地了解自己一样。他之所以努力地让自己完美是因为他内心深处的恐惧。他恐惧父母、老师、恋人、朋友和上司看到他的弱点，所以他一直隐藏自己的快乐，从来都没有为自己活过。

比如他最美丽的梦想其实不是当律师，而是做一名优秀的游泳运动员。可是父母反对，他恐惧做那种让父母失望、没有孝心的子女，所以放弃了梦想。他放弃的东西还很多，最让他难过的是在一次次赢了的官司中丢掉了自己的良知。

他的钱越来越多。他让她住花园洋房，给她买名牌衣服，带她去浪漫的西餐厅吃饭。他小心翼翼地爱着她，但内心非常恐惧，怕有一天会失去她。为此，他不停地强迫自己迈上更高的通往成功的台阶。

可是，她还是不爱他了。

他的进步，让她觉得自己的退步。那种恋爱关系上表面的华丽更衬托出内心的寂寞。那种寂寞让她深深地恐惧着。爱，已经变了，已经不是当初彼此所渴望的那份情了。两个没有爱的温度的人，在一起只会更冷，虽然仍然偎依在一起，却无法取暖。

所以，只能分手。

她说，爱情最重要的不是条件，而是战胜自己的恐惧，可以给所爱的人温暖。想起这样一句话："不正面面对恐惧，就得一生一世躲着它。"所以不要恐惧自己的缺点，也不要躲着它，要知道有缺点并不见得就不好，有时它反而会显得可爱，因为爱而改正自己，那才是乐观的人生。

有一种刻薄,恰是因为爱

很多年前,他们是一个乐团的成员。他和她是男女主唱。

后来,他唱红了,成了一个光芒四射的歌星。而她因为外貌的原因——她实在是太普通了,单眼皮、塌塌鼻,还有张显孩子气的圆脸,虽然声音宛如天籁,却依然只能做PUB的驻唱歌手。

有一天,他跟她说你来做我的经纪人吧。

她答应了。她知道他是喜欢她的,可她自卑地觉得她不值得他爱。为了配上他的爱,她去整了型,割了双眼皮,垫高了鼻子,脸也削骨成鹅蛋脸,还去掉了脸上的雀斑。

但自从她整形后，他就不太正眼瞧她了，每次见到都显得很厌恶的样子。他总是刻薄地说："丑死了，真是个丑女人。"

常常逼得她的眼泪无处可逃。因为在乎他，想让他赞赏她，她忍受痛苦，努力把自己变成一个看着和他般配的完美女人。结果，却引来他的嘲笑和侮辱。

她觉得他可能从来都没有爱过她，一切只是她一厢情愿。

于是，爱就变成了恨。她杀死了他。

而翻看他生前的日记，她才发现他是那么深爱她，深爱着没有整容前的她，虽然她脸上跳跃着小雀斑，眼睛不大还是单眼皮，可她却是他心里最善良最想同甘共苦的天使。

他常常刻薄地骂她，其实是希望她重新变回自己原来喜欢的那个样子。这些年，他之所以拒绝其他女人的爱，是因为他的心里只有她，再也容不下别人。

他以为她早晚有一天会明白他的爱，重新做回当初那个有梦想、有热情、有自信的她自己。谁知她却误入歧途。

都说明白爱是在失去之后。

虽然谁都明白这个道理，可是深陷在爱里的人，哪个不是爱得越深越缺乏自信。"你愈在乎一个人，你愈害怕他不赞赏你；你愈在乎一个人，你愈害怕他会嘲笑你。"我们在所爱的人面前竟然如此懦弱，极力抹去自己的弱点和缺点，拼命地改变自己。孰不知，当你自信满满地以一个完美恋人的形象出现在对方身边，正是你失去爱情时，因为你已不是他当初爱着的那个你了。

连岳说："爱，可以使两个人的快乐与人生达到最大值。真正相爱的两个人，他们之间产生的愉悦感、温暖感、安全感、被重视的感觉，这才是爱里最珍贵无可取代的。"

本色不修饰的爱，才是爱最美的样子。

失恋时的降落伞

广播里的DJ在念一个女孩微信平台发来的信息,她说:"我的男朋友因为他爱的女孩和别人结婚了,所以才选择的我,我爱得很累很辛苦。"

这是爱情里最常遇到的现象。明知是别人失恋时的降落伞,明知人家不爱你,只是贪恋你温暖的感情,想要在你这里安静地疗伤,却还是甘愿把自己推到这样一个尴尬的处境里,去做别人失恋时的降落伞。

对那个养伤的人来说,你是恩人,不是爱人。知恩图报最好的结果是得到婚姻。经历过一次粉身碎骨的爱的人一般很少再有力气去要那样焚心似火的爱了。

那样的爱不遇到是遗憾,遇到了却是伤害。可人不都是在失去和伤痛中成长的吗？知道痛才能学会保护自己不再受伤。

细水长流的感情在爱里才是最稳固的。

"忍"字，心头上的一把刀，只要你不抱怨，不后悔，小火炖感情，也许有一天，真能得到令你喜极而泣的爱。只要你有时间和耐力等，这便是最好的结果。

而那个最坏的结果是，伤口长好了，又有了新的爱的力量，对方不甘愿再被爱了，他/她想再去爱。

爱里的位置两个人常常是互换的，有时你会被爱，有时你会去爱。每个人都有可能遇到做别人失恋降落伞的机会，就看你怎么应对了。

若爱就不要后悔，不管是爱还是被爱。

尊重旧情人，是高品质男人的应有表现

电视上一个综艺节目采访几位昔日在琼瑶剧中出演男女主角的演员。其中有个叫勾峰的男人，如果不是主持人曝料说，他曾经是林青霞的初恋，我根本记不住这个男人的名字。

生平第一次在脑海里把这两个人的名字排列在一块，总觉得有些不可思议。我仔细地看了看这个叫勾峰的男人，他并不帅，也不是很红，不知道他当初是用什么魅力征服林大美人的。

可是见他说起旧情时脸上仍有不好意思的笑，并说已经是过去式了。男人到中年，过往的爱情对自己来说已是船过水无痕的事情了。

这个男人不骄傲、不炫耀，话里话外露出对旧情人的尊重，甚至他认为不提旧情是对婚姻里那个女人的保护。我好像忽然明白林大美人当初喜欢他的原因了。能把旧情和新情处理得如此妥帖的男人并不多，不由心生敬佩。

其实男人分手后的表现不外乎以下几种：

一种是有着祥林嫂一样的自责，把所有错误都往自己身上扛的男人，叹息自己失去前的不知珍惜，和该给女人结果时没给而错失的遗憾，自我总结得失，自己消化爱情中的痛；还有一种是喜欢把过错往女人身上推的男人，仿佛不是自己的错，伤痛就可以减轻一些，忘记就能更容易一些，人都是自私的，总是喜欢寻找解脱的捷径。

这两种男人都可忍，最讨厌的是那种四处炫耀、吹嘘自己情史，到处宣扬自己不爱那个女人的男人。女人在男人嘴里已经低贱成鞋底踩出汁液的花儿。

不爱一个人，至少也该尊重一个人。如果连尊重也做不到，至少也应该懂得沉默，不提是对彼此的保护。

一个优秀的男人应该学会尊重旧情人，在过往感情面前沉默，又或船过水无痕，一笑而过，这才是一个高品质的男人的应有表现。

成长中缺失的,会在婚姻中寻找

她叫嘉莉,二十五岁之前她靠脸吃饭。二十五岁到三十五岁,她靠男人吃饭。直到三十五岁,她才开始真正靠自己。三十五岁那年,她决定放弃一切,净身出户,她带着儿子过上了人生中从没有过的低谷生活。本来儿子是个富二代,跟着她却变成了穷二代。刚开始赚钱的时候难得不得了,她开过面馆,开过服装店,做过直销,只要有百分之零点一的可能,她都会努力,去坚持。如今她拥有了属于自己的煲汤店,她觉得花自己的钱才最快乐。

一个四十岁,带着十一岁的儿子的单身女人出现在相亲节目中,带来的波澜和内心冲击力可想而知。

没有一对父母愿意选她做儿媳，为她亮灯。

虽然结果早在她预料之中，可站在台上的她仍有小小的尴尬和失落。就在这时，后台有个男嘉宾为她亮了灯。

他二十三岁，没谈过恋爱，还是爱玩的年纪。

他说他选她，是因为他一直以来都喜欢成熟的女性。成熟女性会懂得小女孩不懂的道理。他从小就是一个没有安全感的人，父母一直忙于工作，很少有时间陪他，大多时候都留他一人在家，所以他特别渴望幸福的归属感和安全感。而他觉得她能带给他一直想要寻找的这种感觉。

儿子的选择吓坏了他妈妈。他妈妈是国家高级营养师，五十一岁，和儿媳差十岁，她的心里是无论如何接受不了的。没见女嘉宾前她还跟主持人金星说不想选手凉的女生，手凉的女生宫寒，对下一代不好。金星还说帮她摸下女孩的手。结果儿子选了个已经有十一岁孩子的女人，真是惊住了她。

她直截了当地问嘉莉："都说二十岁的男人是期货，三十岁的男人是现货，四十岁的男人是抢手货。你有多大把握在未来十年还能拥有他？"

最后在母亲的坚持下，儿子没有选择嘉莉。但是却留下了一个钱买不回对亲情需求的话题。

金星说，恋父型或恋母型的孩子，他们在成长中缺失的那个重要的亲情角色，一定会在爱情中寻找回来。所以，他们找了比自己大的女人也好，男人也好，这些原因都缘自父母，怪不得孩子。

对子女的教育、对儿女的培养，整个过程都会影响到儿女未来的爱情婚姻观。所以，当我们步入婚姻，成为父母后，一定记住：钱能解决所有的问题，但不能买到所有的东西。

很多父母都认为自己成功是子女成功的捷径。他们认为自己得来的一切都是孩子的。岂知，父母的成功并不是孩子的成功。每个人都只能靠自己的努力取得自己的成功。钱买不来孩子在成长中最需要的父母的陪伴、鼓励和爱。那些孩子成长中缺失的最重要的东西，他们一定会在婚姻中寻找，靠自己找到的安全感来填补父母在自己生命最重要时刻留给自己的缺失。

所以,好的父母不是看你能给孩子选择多好的捷径,而是孩子爱着你、需要你时,你也爱着他陪伴着他。

陪伴是最长情的告白

没有做过所爱女人男闺蜜的不是合格男友。

没有分享过所爱女人秘密的不懂守护的意义。

没有陪所爱女人疗过情伤就学不会疼一个人的责任。

女人只有爱过那样的男人，才会选择这样的男人。

而女人只有在爱里失去自我、失去自尊地伤过死过一回，才会看见这样的男人。

这样的男人，不管你美或丑，胖或瘦，年轻或衰老，他都愿意陪伴在你身边。用长长的岁月等你忘记一个伤害你最深的人。等你说起一个人的名字再也不会掉眼泪,再也记不起他的好以及他的坏。

等你发现你再也不想提起生命中的那个渣男,只想与他分享喜怒哀乐,分享成功与喜悦,一起成长与进步。

女人只有把他当成比女友更亲密的男闺蜜后,才会发现那个陪你经过大风大浪,见证过你的蜕变,对你不离不弃,总在危难时刻第一个出现,不管别人说你多不好,他始终鼓励你、肯定你,告诉你:"外貌不过只是皮囊,里面装的究竟是稻草还是珠宝,这全要靠自己的努力。"他所给你的爱才是最动人的爱。

陪伴是最长情的告白。

那个始终在你身边,不论你好或坏,不论别人怎么把你当作稻草,他总把你当作珠宝,让你左手友情,右手爱情,都攥在手里。牵了手就会陪你一直走下去的男人才是女人的真命天子。

这样的男人,你遇到了吗?

做好自己，才能爱对人

看到记者在深圳街头采访已婚的夫妻，问到如果离婚是要房子还是孩子，男人们全部选择房子，因为孩子容易生，房子不容易买。还有男的说，不管自己有几套房子，反正一套都不会留给自己的老婆。而女人们的回答也惊人的一致，都选择要孩子，因为孩子没了就什么都没了，而房子没了还可以再买。

不知道有儿女的妈妈们看完这段采访是什么心情，反正我的心有种一直往下坠落的失望感。

爱情原来在骨感的现实面前这么脆弱不堪。对于男人来说，房子远比妻子和孩子更重要，只要房子在，老婆可以换，孩子也可以再生。房子成了男人的婚姻资本。修改后的婚姻法规定房子婚前属于谁，婚后还归谁。也就是说，男人结婚前买了房子，女人嫁给他后就成了"合租者"，洗衣、做饭、生孩子、忍受产后抑郁，还得防备男人出轨。婚姻处得好了，是合法居住者；处得不好离了婚，男人可以换个"房客"继续关门过自己的小日子。

这是从最近看到的许多女人的悲剧中清醒看到的。

一个年轻的妈妈，产后八个月，一直有抑郁症，丈夫不理家事，沉迷游戏，叫了自己的妈妈帮忙照顾孩子。婆媳有矛盾，常常吵架。一次吵架后，婆婆说："你怎么不去死啊！"结果这个年轻的妈妈亲手掐死还在婴儿床里的孩子，自己割腕自杀了。

另一个女人，她说自己和前几天那个抱着两个孩子从楼下跳下来的湖南妈妈故事一模一样，老公家暴、嫖娼，还有婚外情，她每天都生活在矛盾、纠结和痛苦里不能自拔。一开始，她是想自己自杀，现在天天都想带着二胎宝宝一起死。可是每次她都准备好带着孩子一起结束生命时，都因为看到孩子天真无辜的眼睛，而一次次心软地放下执念。她也想过离婚，可每次她要离婚时都有人劝她，至少他还给你家用，至少她还有一个只要忍忍就能继续住的家。

很多产后抑郁、不工作在家带孩子的妈妈都有一个共同点，无论自己怎么做，做得多么好了，婆家都会嫌东嫌西，怎么做都不对。让女人悲伤感慨的是，婚姻把女人变成了"保姆"，婚姻法又把女人变成了"合租客"。

难怪，现在越来越多的年轻女孩说："女人都不愿结婚了，男人却还想娶个保姆。"

一个女孩儿和一个拆二代相亲，拆二代说追他的女孩儿多了去，他对结婚对象的要求是漂亮、温柔、贤惠，最重要的是帮他打理好家里的一切，照顾好他爸妈，什么事都不用他操心。婚后少在外抛头露面，支持他把自己的事业干好就行。

女孩儿送了他一个白眼，说她是来找伴侣的，不是来应聘保姆的。说罢转身离开。

另一个女孩儿说她男友的爸爸对她说，让她不要出去工作了，在家好好照顾他儿子，反正她赚不了多少钱。女孩儿说她赚得不多，可是一年也有40万的收入。男友爸爸就让他们早点结婚，说反正她赚的钱也是他儿子的钱。后来，这个男孩就变成她的前男友了。

不知是在婚姻里待久的我落伍了，还是这时代的爱情变化快，为什么现在的爱情不是当初我们想象的那种纯粹美好的样子了。以前两个人只要相爱，可以什么都没有就结婚，婚后靠两个人的努力一起经营婚姻守护婚姻。现在的孩子，父母给打点好一切，房子、车子、票子，所有父母当初结婚时犯愁没有得到的物质，全都大方地给了孩子，不过就是希望自己的孩子不要吃自己曾经吃过的苦，可以过上优质的婚姻生活。可是，现在的孩子又怎么了呢？他们变成被父母惯成的巨婴，拿着好婚姻的物质条件，去找一个接替爸妈照顾自己的人，不懂得付出、包容与关心，而把婚姻搞得漏洞百出，无法收场。

最让我不能理解的是很多男方家庭不希望女人婚后工作，把女人婚姻中的责任变成照顾丈夫、照顾家庭、照顾孩子。要知道工作是女人最重要的维护自尊的武器，没有了武器，那就等于缴械投降，自愿过上被人牵着鼻子走的俘虏，这也是那些年轻妈妈失去幸福的悲剧的起因。

女人无论何时都要独立，有主见，不为爱失去自尊，一个随时因为经济自信散发出魅力的女人才是最迷人的女人。

写到这里，想起我一个女友的父亲。女友当时爱上一个小她十一岁的男孩儿，非要和他结婚。女友父亲见反对无效，就买了套房子送给他们当结婚礼物。男孩儿说，女友家买房子了，那他就负责装修吧。谁知女友的父亲坚决反对，说结婚所有的一切都由女方出，男孩儿什么钱都不用花，只管结婚就好。日子以后要是过得幸福那是女友的福气，要是女友因为当初选择后悔了，男孩儿做了不能让女友原谅伤心的事，让他卷铺盖走人就是。当初，我还不理解女友的父亲为什么这么做，现在看来那真是一个父亲爱自己女儿最好最让人感动的方式，他在用一个父亲最大的能力保护自己的女儿。

我在想一个很遥远的问题，如果以后的以后，我要不要也像女友的父亲一样，做一个"强势妈妈"，用一个母亲最大的能力保护自己的女儿。也许我想得有点远，但这就是骨感的现实。

水变凉了,杯子害怕,
也许这就是失去感觉

　　傍晚去超市的路上,碰到女儿以前英语辅导班同学的家长。曾经有好几年,我们每周因为孩子上课都要碰面。在我眼里她温柔又有韧性,性格特别好,什么时候见她,她都是在送儿子上各种课外辅导班的路上。为了让丈夫安心打拼事业,她一个人跑来跑去的,从来没见她抱怨过苦,脸上总是挂着爽朗的笑。

　　女儿英语班课业结束后,我们很多年都没有见过面了,没想到今天会偶遇。

　　闲聊期间,她接到一个影楼打来的电话,对方问她预约的拍摄还进行吗?她说帮她取消吧。原来她的家庭发生了些变故,儿子跟了他爸爸。

挂断电话，她才告诉我她离婚了。

我特别意外。印象中她总是把家里打理得井井有条，儿子也教育得谦逊懂礼貌。

她说很多人都不知道她离婚了。现在的她一个人住，大儿子判给了她，在外面上大学；小儿子判给了他爸爸，现在在寄宿学校上学。

一说起孩子爸爸，她的眼眶马上红了。

她说当初她决定嫁给他时，家里人都反对。那时的他太穷了，连办婚礼的钱都拿不出来。她用自己仅有的钱办了个简单的仪式。

怀孕三个月时，那是他第一次出轨。她心痛地坚决要离婚。他哭着跪在地上求她原谅，说他再也不会让她伤心，一定会让她和孩子过上好日子。

大儿子出生时，没钱去医院生孩子，她就让婆婆在家帮她接生，婆婆不敢剪脐带，是虚弱的她自己拿剪刀剪断的脐带。现在想想，她都觉得害怕，第一次生孩子，没有任何经验，她是豁出自己的命赌那个"小幸运"。

好在儿子出生后"好运"真的来了。不怕苦的她跑下来很多单子，生意渐渐上了正轨后她放心地把它交给孩子爸爸。自己则安心待在家生了小儿子。小儿子出生后她天天围着孩子转，围着家转，从来不让孩子爸爸为家操心。孩子爸爸回家她什么都不让他干，连地都没让他扫过。她是那种爱一个人，就会为他做所有事情的人。

她对婚姻太自信满满，又太掉以轻心。以前丈夫也沾花惹草，她再三再四，甚至再五再六地原谅他，都没有到离婚的地步。有钱男人经不住花花草草的诱惑，她明白，为了孩子、为了家，她什么都可以忍。即使她退到无路可退，忍无可忍，属于家人重要的位置她还是一直留给他。这次仍然是这样，她说如果他愿意回头，她就把这次不愉快的事情翻篇，他们重新开始。可是这次他选择了推开家门，敲响另一个女人的家门。

而这个女人不是别人，正是她的闺蜜。

她说她把她家拆了的这个女人我也认识，她是我们英语辅导班中途转来的那个女孩儿的妈妈，当时她正和女孩儿爸爸闹分居，一个人带着孩子。她从心里同情一个女人独自带孩子的不易。所以热心的她常常帮她接送小孩，为了让她感受到家的温暖，还常常邀请她来家里吃饭，和他们家一起出去旅游。她是真心待那个女人，把她当成了闺蜜。什么难事、不开心的事她都愿意为她分担。她万万没想到这个女人最想分担的是她的丈夫。

当她看到孩子爸爸一刻不离地拿着手机，从来不送孩子的他忽然开始要送孩子去上学，她就知道他又不对劲了。两个女人面对面摊牌了。闺蜜在她面前痛哭流涕地保证再也不和他见面，可是背地里仍见面。

她说那时的她就好像在大海里游泳，感觉随时都会被吞没但怎么都靠不了岸，特别特别累。离婚让她上了岸，但是那个曾经同舟共济叫家的船没有了。她不再是掌管家航向的那个舵手……她一下找不到前行的动力、存在的价值和活着的意义。很多个一个人伤心哭泣的夜晚，心疼得快要窒息的时候，她都想拉开窗户跳下去。后来，她发现自己好像生了一个奇怪的病，十个手指疼得什么都干不了。也许，冥冥之中她在怪自己的这双手，她用这双手剪断过儿子的脐带，为他洗衣做饭，孝敬父母，为他做了所有能做不能做的事情，唯独没有用这双手好好为自己做事。原来一直以来她都用这双手做着别人喜欢的事。

她的状况糟糕到了极点，家人帮她找好了看病的医院，可小儿子还在她身边上学。她拜托孩子的爸爸先照顾小儿子一段时间。可孩子爸爸说，她如果因为看病不能照顾儿子，他会让他太太照顾孩子。"太太"这两字像利刃一下下刺进她的心里，她觉得自己既可悲又可笑，她曾经的闺蜜与她丈夫偷偷约会时，每次都拜托她帮她照顾女儿。她把人家的女儿当自己的女儿一样爱着照顾着，结果那个女人却抢走了她最珍视的一切。

她跟儿子商量，如果他需要妈妈照顾，她就不去看病了。儿子懂事又难过地说他希望妈妈好好看病，照顾好自己，他会去爸爸那，儿子和妈妈的关系是永远不会改变的，他永远都会爱她。他如果不待在爸爸身边，那他爸爸就真成那个女孩儿的爸爸了。儿子去了他爸爸那里，自己要求去上寄宿学校，一周回来一次，每周他都会抽空来看妈妈。

现在的她，说起自己生命中最难过的这件事，仍会一次次红了眼眶，忍着随时都会掉下的泪。

她说的那个闺蜜,我见过,印象中她说话总是细声细语,不急不慢的。作为旁观者无论从哪个角度,我都觉得那个女人并不如她。这也是她输得最不甘心的地方,如果他找个比自己年轻貌美的,她也输得起。可感情的输赢又岂是旁人说得清的。

她输就输在自己当初的同情心。不知道同情在被施舍的人眼里是伤自尊的一件事。女人在不对等关系中建立的信任,就像农夫怀里的那条蛇,你不知它什么时候会苏醒,变成反击你善良、夺走你一切的人。幸福有质量的人生,不是一味奉献、隐忍、牺牲,而是无论何时都知道自己想要的快乐是什么,想守住的幸福是什么。不为婚姻失去自己的事业、自己的朋友圈。不为爱失去自我,降低自己的底线,也不让婚姻出现"闯入者",因为这些我们不以为意的"闯入者"们,一旦介入我们的生活,有可能就会变成摧毁婚姻的"杀手"。尤其是闺蜜的"闯入",那则是"险中之重"。婚姻的船有其独特的排他性,不要随便向人抛救生圈,当好自己的舵手,开好自己家的船就好。每个人都有自己的船,没上船的人,那一定是驶向她的船还没开到,别随便因自己的善良救人上船,有一天因船拥挤被人推下船,在苦海游不到岸。

那次见面后,我无意中看她的朋友圈发了一段文字:

杯子寂寞,被倒进开水,
滚烫的感觉,这就是爱的感觉。
水变温了,杯子很舒服,
这是生活的感觉。
水变凉了,杯子害怕,也许这就是失去感觉。
水彻底的凉,杯子难受,把水倒出。
杯子舒服了,但不小心掉在地上,
摔成一片一片的,发现每一片上都有水的痕迹。

我了解她想说的一切,我坚信她一定会好起来,找到属于她的幸福。

爱是恐惧、陪伴和守望

最近再追《朗读者》。

节目从人的心路历程开始再回到朗读上,这期的节目主题是选择,当我看到王千源为了《钢的琴》这部小成本制作,中途资金断链,不知道什么时候可以拍完的电影,选择放弃更好的角色,心甘情愿地演好小角色时;当我看到徐静蕾深情朗读史铁生的《奶奶的星星》数度哽咽,面对失去最爱的奶奶,选择坚强做自己,走自己的路不受别人影响时;当我看到那些毕业于名牌大学,却选择当村官,把青春留给农村满怀梦想的年轻人时,我被他们生命中那些不同于别人的华彩感动。

让我没想到的是麦家会在节目中出现。

麦家一直以来很少出现在大众面前，总是给人低调神秘的感觉。为了写《解密》他受尽折磨，长达11年的创作，耗费了他全部青春，半部人生。被退稿17次，共写了121万字，最终发表了21万字。《解密》入选英国"企鹅经典"文库，是中国第一部被收进该文库的当代小说。他说："当大家都在一路狂奔，往前追逐利益和名利的时候，我要敢于独自后退，安于一个孤独的角落寂寞地写作。"这次他是以名家的身份出现的，可是在镜头前的他让我看到的就是一个普普通通的父亲对儿子最深沉朴实的爱。他在讲述中每次眼含泪水的瞬间，都非常打动我，让我觉得为人父母的不易。

他说，初二那年儿子关上了房门，这一关就是三年。三年的时间他不允许任何人以任何方式进入他的房间，否则他就离家出走。没人知道他在房间干什么，除了吃饭和上厕所，他几乎从来不走出那个房间，而每次的语言交流最后都会变成语言冲突和伤害。麦家庆幸的是自己每次在濒临绝望、想要放弃时，都没有绝望，而是理智地坚持下来，既然他没有办法找到让孩子听话的方法，他唯一能做的就是不再试图改造孩子，而是在一旁当起"守望者"。

好在他儿子在高考的最后三个月，突然领悟，学英语、学画画、学设计，报了八所美国的学校，考上六个。

儿子去美国上学时，他在他行李箱放了两个信封，一个信封装了2000美金，一个信封装着他写给儿子的这封被称为"2017最美家书"的信。儿子看后，回了他两个流泪的表情。就是那两个简单的表情让他潸然泪下，他终于度过了青春期的孩子和他抗争的这段艰难的岁月，并与自己的儿子达成和解。

直到现在，儿子已经走出迷途，他仍然会做梦，梦到儿子仍处在水深火热之中。他一直觉得儿子曾经对他的伤害和亏欠，有一天会以爱的方式，加倍回报他。就像当年，他也曾经固执地伤害过自己的父亲一样。他曾有17年没有叫过父亲，他当兵，他写作，他离开家都是为了逃避和宣泄。孩子有这样的青春，是他犯的罪，是遗传了他的不良基因。

到底是什么原因，什么样的恨和伤痛，让一个儿子17年未曾叫过自己的父亲，节目中没有说。

这几天，我找了麦家老师以前的文章去读，无意间看到他写给去世父亲的一封信，我的眼泪几次被他信里的深情和懊悔逼出来。

麦家在信里说："小时候每次挨父亲打，母亲总是安慰我说，爹打你是疼你爱你哪，不想让你被外边人打哪。我一直被母亲用心编的'神话'蒙蔽，直到12岁那年，我在学校跟同学打架，三个人打我一个，老师还拉偏架，把我打得鼻青脸肿。我气得要死，夜里不回家，堵在一户同学家门口，等着他出来，准备跟他决一死战。父亲知情后，提着一根毛竹抬杠赶来，我以为父亲是来替我报仇的，激动得扑上去，哭诉自己莫大的冤屈。结果父亲当着同学父母的面狠狠地扇了我两个大耳光，把我已经受伤的鼻梁都打歪了……父亲朝我要劈下的毛竹抬杠，如果不是被人阻止，我不死也废了。

"父亲没有问我打架的原因，是因为同学骂父亲是'反革命''牛鬼蛇神'，骂我是'狗崽子''小黑鬼'，我是为了捍卫父亲的尊严才打的架。父亲在我心窝里插了一柄刀，怎么也拔不出来了！从那以后，我变了，蔫了，废了，再也流不出一滴眼泪。在家里，像把笤帚一样任人使唤，却总是无声无息；出了门，我像只流浪狗一样，总是缩着身子，耷着脑袋，贴着墙边走路，躲着热闹和欢喜场面。我只跟自己交流，天天写日记，我至今记得，我写的第一篇日记就是发誓以后不再喊你爹。"

直到麦家也成为父亲，直到父亲有次摔跤，和死亡有了一次会面，直到汶川大地震那年，父亲81岁了，他才忽然发现没有为父亲做的事太多。正在他准备回到父亲身边尽孝时，没有想到老天爷给了他一个惩罚，父亲已经认不出他，他得了老年痴呆症。之后三年，他一直在赎罪、补错——喂父亲吃饭，给他洗脚，抱父亲上床，给他按摩，大声呼喊父亲，希望父亲在偶尔清醒时给他一个笑容、一声安慰、一声原谅、一个父子情深的拥抱。可父亲什么都没给就走了。

麦家说，男人要在父亲走后才能真正成熟。

父亲的事让他学会怎样做父亲，他不想让儿子像当年的自己一样，他不想有那样的儿子。

　　我们都是从父母的身上学会怎样做父母。父母在教育我们的过程中无意带给我们的伤害和误解，我们会避免让自己的孩子经历。我们在学习做父母的过程中，对父母犯下的错、欠下的感情债，尽量不让自己的孩子遭遇。爱，就是恐惧、陪伴和守望。年少时，父母在我们心里威严又恐惧，他们说什么我们听什么；年老时，父母在我们面前小心翼翼，我们说什么他们听什么。想起麦家老师在节目中说的那句话就心疼难过得不行。他说："陪伴儿子，说得难听一点，就像陪伴一头老虎一样，你得小心翼翼。"我们哪个做父母的不是像陪伴老虎一样守望着自己的孩子。明知孩子不知什么时候会伤害我们，还是会用怎么爱都爱不够，能替他们多想就多想，能为他们多做一件事是一件事的唠叨琐碎的方式爱着他们。

　　董卿对年轻人说："当你突然意识到你的爸爸妈妈开始对你小心翼翼的时候，不要以为那是出于一份恐惧，那是出于一份爱，让我们珍惜。"

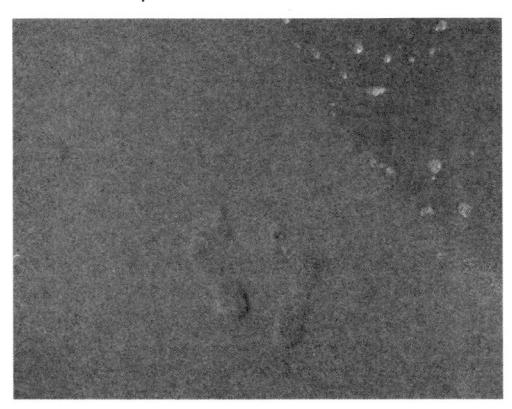

不要对孩子做的七件事

那个孩子和女儿从小一起长大，从幼儿园到小学，再到初中，一直是同学。每次考试前她都会来我家和女儿一起复习功课。

这次考试前她又来了，两个孩子在屋里学习，我在电脑上写文章。写着写着，忽然听到哭泣声，我以为听错了，可哭声由小到大，让我不得不确信自己确实没有听错。我起身到女儿的屋子，发现她正不停地给她好朋友递纸巾，那孩子哭得肩膀抽动得特别厉害。

孩子见到我说得第一句话是晚上可不可以住在我家，她实在不想回家。看着情绪崩溃的孩子那无助哀伤请求的眼神，我的心里特别难过。

谁的青春期都不是那么好过啊。

孩子一边哭一边说,她为什么那么爱来我家,是因为她觉得我们家总给人幸福快乐的感觉。一家人一起吃饭时,总是一起看一部电影或电视剧。她为什么一部电影看了几十遍还在看,是因为她希望妈妈可以好好地安安静静地陪她看完一部电影,可每次电影看到一半,她的妈妈就会起身去扫地、拖地、洗衣服,习惯性地把家里的角角落落擦得不留一点灰尘。剩她一个人傻傻又伤心地坐在电视机前。洗衣机里不停搅动旋转的声音,在她耳朵里是那么刺耳,直到现在一听到洗衣机的声音,她都会产生不良的生理反应。

青春期的孩子本来就敏感而又暴脾气。她最受不了的是,每次她发火和妈妈争吵时,妈妈都比她先一步狠狠地关上屋门。那道冰冷的敲不开的门,把她们隔绝在两个世界,每次她一个人回到房间都会哭很久很久……很多个夜晚,她都难过得睡不着觉。第二天早上,她还得装着像什么事都没发生一样跟她妈妈和好。

晚上睡不着觉,早上第一节课她常常困得不行,幼时曾做过心脏手术的她,明知道喝茶和咖啡对心脏不好,她还是喝。

有时,夜里实在难熬孤独时,她会抱着枕头到妈妈的房间,想和妈妈一起睡,可妈妈总是说不要打扰她。通常她抱着枕头走到房间一半的脚步会突然停下来,然后失望地转身,再次回到属于自己静寂的夜里。

她一直想换一部新手机,可妈妈总觉得她的手机不影响使用,不想她把心思都花在玩手机上。有次网上搞抢购,她心仪的一个手机比平时便宜好几百,她试着跟妈妈说想买,没想到妈妈爽快地答应了。那一晚,她什么事都没干,作业没写,功课没背,好不容易抢购上了,可妈妈又不同意买了,说家里经济紧张。她最怕从妈妈口中听到的一句话就是没钱。每次她想干什么事最后都会扯到这个话题上,让她特尴尬。

她变得越来越爱哭,越来越控制不住自己的情绪,越来越不想回家。

孩子的话听得我的心一阵阵的疼,我在她身上明显地看到了抑郁症状。为了安抚她不稳定的情绪,我答应她晚上可以住在我家。还给她妈妈打了个电话,我说地少拖一次，家里有点灰不要紧；衣服少洗一次，让家里少点孩子不喜欢的噪音没什么不好；在孩子失眠时抱抱她，陪陪她，多关注关注孩子的情感需求，陪孩子完整地看完一部电影，做一顿她喜欢的饭，多聊些她感兴趣的话题，让她快乐地度过青春期比什么都重要。孩子的妈妈说，可能是自己在家里不快乐，老不想被人打扰，忽略了孩子。看着越来越独立的孩子，有时她也觉得孩子可怜，想抱一抱她，可她已经忘记她们有多久没做这个亲密的动作了，久到她怕女儿觉得幼稚不敢拥她入怀。她自己在家里是一个孤岛，现在把孩子也变成了一座孤岛。

都说叛逆期的小孩不可理喻，让人头疼。其实这个阶段的孩子一方面冷漠地拒绝大人走进她的世界，另一方面又渴求爱的陪伴和理解，是最容易受伤又压力最大的敏感年纪。觉得自己长大了，又和心里那个不肯长大的孩子较劲。好好陪孩子走过这段最难走的心灵岁月，对孩子的心理建设至关重要。同时记得不要对孩子做这几件事。

一、不要把家务当成生活的重心。许多妈妈一回家就像停不下来的陀螺，洗衣、扫地、拖地、擦擦洗洗，把家里打理得不见一丝灰尘才有成就感。其实这是孩子最反感的，容易让他们误会家务事比孩子的事更重要。也许孩子从学校回来本来想和你进行情感交流，聊聊和同学的那些事，因为你不停地忙忙碌碌，让他们没有了诉说的兴趣，久了，他们就不愿与你分享成长的秘密。心理距离一拉远，你就再也走不进他们的世界。

二、不要让孩子感到家里经济负担重。可能大多数家长无意中都做过这件事，面对孩子提出的需求，总觉得没有必要花这个钱，都会以家里经济负担重而拒绝。其实孩子对物质总是充满着好奇心与占有欲。别人有的，自己没有，久而久之得不到就会产生自卑心理，在别人面前抬不起头，就会拒绝融入别人的世界。要么封闭自己，要么通过另一种优势在别人面前抬起头来。

前段时间，碰到以前的老邻居，她的孙女上小学二年级，班里同学流行玩翻绳游戏。同学都在学校门口买了漂亮的彩色绳子带到学校课间玩，孙女也央求她给买一条，可节俭日子过惯的她觉得毛线绳也一样可以玩翻绳游戏啊，以前大家都是这么玩的。于是,她给孙女准备了一条毛线绳到学校。结果孙女立刻被孤立了,没人愿意跟她玩。孙女一连几天都失落地回到家。问清原因后,她马上给孙女买了一条最贵最漂亮的线绳让孙女带到学校。这样立刻就有同学和她孙女玩了。可玩了没多久,漂亮的绳子就被一个男同学没收了。男孩说,她家穷,什么都不舍得买,这条绳子肯定是偷的,说着就把这条绳子送给了班里最漂亮的一个女同学。她孙女是哭着回家的。虽然后来找了老师,老师批评了那个男孩,并且把绳子还给了孙女,可孙女心里还是留下了阴影。这件事让她明白,不能因为节俭,让孩子在同龄人面前抬不起头。孩子合理的物质要求应该得到满足。

三、不要在孩子面前抱怨单位的事。我们在单位受了委屈生了气,第一习惯就是回家抱怨。其实这样充满负能量的怨言,会给孩子带来不悦和压抑。孩子爱你,不甘心你受不公平的待遇;孩子又气馁,自己眼里的万能父母不懂反抗,在单位窝囊地受气,回家只会满腹牢骚。把自己的不快乐传递给孩子,会让他们喘不过气。所以千万不要在孩子面前充满负能量的抱怨,要让孩子看到你积极自信让人崇拜的一面。

四、不要不欢迎孩子的朋友。孩子大了,总喜欢结交能分享自己喜怒哀乐,分享不能和父母说的秘密的朋友。尊重孩子的朋友,把孩子的朋友当成自己的孩子一样对待,帮孩子培养良好的人际关系,不要不欢迎孩子的朋友,不要害怕孩子的朋友影响孩子的学习,比学习更重要的除了亲情,就是友情,好的朋友是可以让自己的孩子更优秀。

五、不要看不到孩子的优点。每个孩子都是瑰宝,会发出不同的光彩,作为父母要看到自己孩子的优点,针对孩子的优点培养他们,不要总盯着孩子的缺点批评他们,以至于他们的优点在自卑中埋没,变成一块普通的不再发光的石头。

六、不要在孩子面前争吵。孩子的情绪是十分敏感的。夫妻间争吵不休,让家庭气氛经常处于紧张状态,会在孩子的心理上形成巨大的压力,父母长期感情不合,会使孩子变得冷漠、孤独、执拗,成为心理方面的畸形儿。

七、不要在孩子面前流露出自己婚姻中最大的错误就是选错了人。婚姻可以重新选择，父母亲情是不能选择的，不要在孩子面前流露出自己最大的不幸，是因为在婚姻中选错了人。不要在孩子面前说对方的不好，要知道你嘴里说不好的这个人，是孩子深爱着的亲人，说多了会伤害孩子，觉得自己是父母婚姻不幸的累赘。父母婚姻不幸会严重影响孩子未来的婚恋观，造成恐婚心理和对人及其的不信任。

最好的教育就是言传身教。"教育真的是有方法的，但如果缺少了爱，一切方法都是教条。"李亚鹏在《朗读者》中这样说出自己做父亲的感受。

其实，父母的爱才是孩子成功的那把钥匙。请用这把钥匙帮孩子打开那扇通往幸福的门，别让他们的青春岁月一直是忧伤的雨季。

食物带出思念的味道

黄磊说:"记忆因为某些细节才得以清晰地留存,是颜色,是气味,是味道"。

味道常常会让人想起一个思念的人,想起与这个食物有关的回忆,想起那个做饭的人想要通过食物对你传达的爱意。让人难过的是有一天这个味道会因为那个人的离开,而永远消失在你生命里。无论你吃过与之相似的多少种味道,都无法找回当初那个爱你的人通过食物在你舌尖留下的爱的味道。

有次我去甘泉出差,买了当地的豆腐干送给我舅。我舅撕开一袋,把一块豆腐干放进嘴里,可是吃着吃着,他的眼泪差点掉下来。他说这个味道太像我姥爷曾经做过的豆腐干的味道。姥爷去世后,有两样食物最让他想念:一是那种自己发酵的豆豉,二就是这种麻辣豆腐干。我舅算是我家厨神级的人物了,特别会做饭,可是他说我姥爷离开后,无论他尝试过多少种方法,都再也做不出记忆中姥爷做过的那种味道。

记忆中,我姥爷是个特别会做饭的人。每次回姥姥家,总见姥爷高兴地跑进厨房,在他的专属天地里为我们烹制美食,他为我做的最多的就是"生氽丸子汤"。在那个物资贫乏的年代,肉食是属于过年才能吃到的美食,平时大家都不舍得买的。可我姥爷特别大方,无论什么时候,只要我回去了,他立刻买肉,剁陷,像变魔术一样把肉丸子从虎口挤出来,放进滚烫的开水锅,不一会儿白色的丸子就会漂上水面,水面会浮上一小层细微的油花。姥爷会把它们盛在一个大碗里,放盐和香油,再撒上几片碧绿的香菜叶,就像翡翠白玉一样美。丸子吃进嘴里,QQ弹弹,总让人回味无穷。所以,姥爷在我记忆里的味道就是"生氽丸子汤",一提到它,我就会想起那个慈祥的老人。

虽然我知道他并不是我的亲姥爷,可他在我心里的感情无人替代。

小时候,我特别爱生病,每次一生病,我妈就跑回娘家借钱。那时我姥姥没工作,总是打着临时的短工,家里挣钱的只有我姥爷一个人,每次听说我生病,他都焦急地买了我爱吃的糖水山楂带着钱跑到医院看我。

每次我病愈,他都会把我接回家给我做好吃的调养身体。我记得那时他在院子里养鸡又养鹅。鹅下的蛋特别大,比我的整个手掌都大。他把那些鹅蛋腌成咸鹅蛋,吃得时候会流很多红油。那是我记忆里第一次吃鹅蛋。

我姥爷说他没有女儿,所以特别喜欢女孩。几个孙子孙女中,他最喜欢我,他也丝毫不掩饰自己的那种偏袒。对于他来说,表达爱最好的方式就是通过食物去传递。我爱吃毛栗子,每年毛栗子上市,不管多贵,他都会买了,在家里炒好,用报纸里三层外三层地包着,趁毛栗子还热乎着给我送来。

我曾经问我妈,为什么一直管我姥爷叫"叔",我妈说我姥爷是我姥姥改嫁后嫁的男人,只有我小舅才是他亲儿子,可是他对几个孩子没什么区别,都一样疼爱，有时对我妈比对我小舅还好，碰到我妈喜欢的食物总是偷偷买了给她。

我妈管他叫了一辈子"叔"，却做了一个女儿该做的一切。他盖房子最需要钱时，是我妈第一个拿钱回去。他生病住院也是我妈一次次陪他看病检查照顾他。

后来他得了胰腺癌，天天疼得难忍，最后瘦成一个比我妈还轻的男人。

我去医院看他，过了探视时间，我们只能隔着一扇玻璃门相见。他叫我别担心，他吃了药打了针已经不那么疼了。他说他一直在收听广播里那个叫《锁不住的天空》的诗歌栏目。因为那个节目常常播我的诗，每次听到我的名字和我的诗，他都特别激动地跟同病房的人说，这是我外孙女写的。

我特别难过，我知道他就快要离开我了。他的病已是晚期，没有任何药可以救他。那么好的一个人，养大了我姥姥的几个子女，还资助他弟弟上大学，靠上学改变了他弟弟的人生。虽然，他没读过什么书，可是看到弟弟成功，对他来说就是最大的成就感。

可就是这么好，这么善良，这么慈祥的一个人，他还是永远地离开了我们。

姥爷去世后，想他的时候，我总会让我妈给我做"生氽丸子汤"，可她总也做不出姥爷的那种味道。姥爷离开后，那个味道也跟着消失了。

很多年我都没有吃过"生氽丸子汤"了。这个春天我无意中在网上看到"生氽丸子汤"的做法，忍不住想尝试做一下。

我知道我和我妈一样再也做不出来我姥爷当年的那种味道了。爱是传承，食物也一样。我在这个春天的中午，第一次给我女儿做"生氽丸子汤"，对于她来说"生氽丸子汤"是妈妈的味道。

第一次吃"生氽丸子汤"的女儿觉得很新奇，觉得那肉丸鲜嫩而Q弹，汤也清爽可口。她没有吃过我姥爷做的丸子汤，对她来说食物是妈妈的味道。对我来说，食物是让我搭上记忆列车，寻找思念的人的爱的旅行。